J O Y

享受讀一本好小說的樂趣

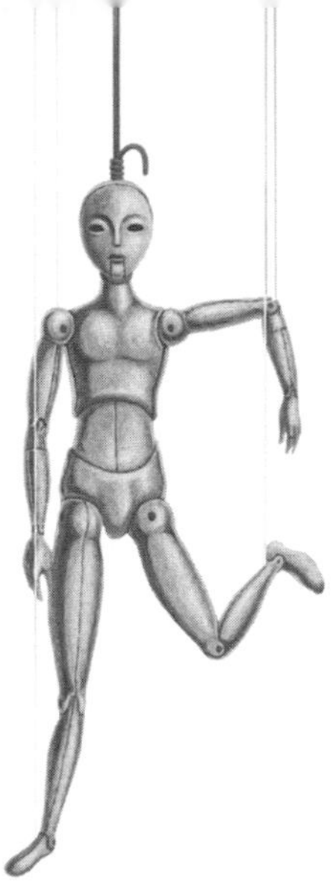

L'arbre des possibles

大於10的死罪

柏納·韋伯
BERNARD WERBER
孫智綺◎譯

導讀

【宜蘭大學外文系助理教授】賴軍維

『認知的慾望是人類最強大的動力。』

（L'envie de savoir est le plus puissant moteur humain.）

——柏納・韋伯（Bernard Werber）

柏納・韋伯（Bernard Werber）是法國目前人氣最旺的科幻文學作家，也是個多產的文學怪傑。結合了科幻的、哲學的和冒險的敘事手法，柏納・韋伯的每本新書都勇於挑戰新的文體，將有如脫韁野馬般的想像力發揮到了極致。他的每本新書只要一推出，馬上便高居法國暢銷書排行版的前幾名。從一九九一年『螞蟻三部曲』的首部《螞蟻》（Les Fourmis）問世之後，柏納・韋伯儼然就成為法國科幻小說的代名詞。作者以他豐富淵博的科學知識，再加上無限的想像力，以他一貫幽默有趣的細膩筆法，刻劃出一個一般人無法想像的和耐人尋味的動物世界。次年，他發表了『螞蟻三部曲』的第二部：《螞蟻時代》（Le jour des Fourmis）。此書以推理冒險和哲學思辯的觀點交叉進行，推出後吸引了全世界讀者的目光，並得到極高的評鑑。此書馬上被翻譯成三十三種語言，並榮獲《Elle》雜誌的『女讀者大獎』（Le Grand Prix des Lectrices）。一九九六年，《螞蟻的革命》（La Révolution des Fourmis）問世，成為『螞蟻三部曲』的第三部，並與前兩本書建構成一套前所未見的、精彩絕倫、氣勢雄偉如『史詩般』（épique）的長篇鉅著。

除了『螞蟻三部曲』外，作者也構思了另一套三部曲：《死亡飛梭》（Les Thanatonautes, 1994）、《天使帝國》（L'Empire des Anges, 2000）和《我們的朋友，人類》（Nos amis, les humains, 2003）。另外，他也創作了兩本實驗性極強的書籍（livres expérimentaux）：《相對的與絕對的知識的百科全書》（L'Encyclopédie du savoir relatif et absolu, 1993）和《旅行之書》（Le Livre du Voyage, 1997）。最後，《豬羅紀》（Le père de nos pères, 1998）和《最後的秘密》（L'ultime secret, 2001）則成為另一套前後相關、邏輯相通，專門探討人類本源的小說。

《大於10的死罪》（L'tarbre des possibles, 2002）一書原名《可能之樹》，即書中的〈預知未來方程式〉。這篇文章的創作理念早在《豬羅紀》就埋下伏筆。此書兩位主角中的其中一位：Isidore Katzenberg，是一個孤獨的記者與研究者。在他家的牆上，他以『樹狀圖』的方式畫滿了人類未來的所有可能性。牆上之樹堪稱為『未來之樹』。作者在原書中並沒有對『未來之樹』有太多的著墨，但是卻在《大於10的死罪》一書中徹底地發揮了他驚人的想像力。

《大於10的死罪》是一本由二十篇短篇小說組成的小說集，包含寓言式小說、傳奇和冒險小說，而且都是一些極端的假設的短篇故事。作者在前言特別交代此書的創作歷程。當他覺得世界太過複雜而無法理解時，他就會編個故事，然後把他的問題放進故事裡頭去發展，如此他的心情便能平靜下來。另外，他也講一些荒誕離奇的故事給其他小朋友聽，慢慢地，當這些故事變得越來越不可思議時，他只好訂出一個問題架構以及找出一個出乎意料之外的解決方式。本書就是作者在平時的聊天心得、某些睡覺的靈感或是對生活周遭的觀察而來。作者匠心獨運去構思一些匪夷所思的故事情節，有些只不過是為了擺脫生活中的不快而已。

這二十篇小說彼此之間並無任何關係，每篇都是獨立完整的故事架構，但是作者一貫的風格都是在超乎常理的故事之中，加入詼諧幽默、諷刺揶揄而發人省思的人文關懷，間接達到對人性與社會的批判。從『螞蟻三部曲』開始，作者就不斷地批判人類的自大與愚蠢，自以為是宇宙的主宰，殊不知宇宙之奧妙並不是人類的智力所能想像。在〈我的寵物是人類〉一文中，人類一反過去習以為常的主宰地位，反而變成了外星人的『寵物』。當人類成為外星人的寵物時，這是令人非常難堪而無法接受的。在〈少年神的學校〉一文中，作者提出一個有趣的問題：在練習如何『創造』人類的少年神之上，是否存在一個超越祂們的上帝，在玩弄祂們，正如同祂們在玩弄人類一樣？人類在玩弄這個世界時，可別忘了我們可能只是更高智慧的上帝眼中的玩偶。在《螞蟻》一書中，作者從非常『低』的角度來觀察人類，而在《天使帝國》一書則以非常『高』的角度來看人類。作者透過『外來』且『不同』的眼光來看人類，無非是想提供給人們一個反省思考的機會，希望人類能夠用更謙卑去對待自己和所處的宇宙世界。

〈太空糞便〉一文描述一顆掉落在巴黎市盧森堡公園的臭隕石，原來其實是外星人製作珍珠的手法。人類傑出的工藝能力意外地成為外星人的生財工具，人類再一次被愚弄而不知。〈足球殺場〉一文透過世界杯足球賽的情形來諷刺人類社會的愚昧與殘酷。作者在此文中強烈質疑勝利的意義與人性殘酷的本質。在〈都會獅子〉一文中，作者依然以他詼諧逗趣的手法，暗諷人類飼養獅子成為寵物，到後來成為獅子反撲的對象，而造成了極大的社會問題。〈人性家具〉一文中自動化和人性化的家電反而是對人類的自主性最『反人性化』的戕害。當所有自動化的家電都主動為人類服務，而不需要人類的指令時，這難道一定是幸福嗎？這是一種服務，還是另一種形式的控制？我們可以發現作者不斷地嘲諷人類的無知與自大。柏納・韋伯的小說結合了知性與感性，趣味十足，一路讀來，處處都可以發現其智慧的光芒。

閱讀柏納・韋伯的小說，不禁讓人想到法國十九世紀的科幻文學之父：朱勒・凡爾納（Jules Verne）。凡爾納的三大作品，如《環遊世界八十天》、《地心遊記》及《海底兩萬里》，成功地結合科學與文學，探索之領域從海底到高空，從地心到太空。他的作品儼然就是一場人類前所未有的知識大冒險。而要成為一個成功的科幻文學家，首先必備的條件就是驚人的『科學預言』的能力，換言之，必須能夠提出許多極有可能成立的科學假設。正如同凡爾納的許多科學預言後來都逐一實現：登陸月球、探索北極、潛水艇、坦克和電視等等。凡爾納所預言的未來都是『看似現在』的未來，亦即可以讓人看到人類社會未來的前景。柏納・韋伯的作品中也不乏驚人的、極有創意的科學預言，如物體忽然都變成形容該物體的文字，浮在空中〈漂浮的字〉；回到路易十四世時代的時空之旅〈時空保險〉；一個科學家決定把腦袋與身體分離，以便專心思考〈脫離肉體的隱者〉；宇宙ＤＩＹ玩具盒〈宇宙玩具盒〉；一個科學家讓自己的皮膚變得透明〈透明新人種〉等。

在柏納・韋伯的小說中，我們可以發現許多精確的科學知識。由於作者曾經擔任七年的科學記者，因此他累積了大量的科學知識。作者一直希望將科幻文學的創作建立在最大廣度與最精確的科學知識上，然後再去做無限的演繹與連結。因此，他所有科幻文學的創作都是具有科學背景的，因為他認為『知識越真實，魔力就越驚人』。以至於在他的所有書中，他一直秉持一個理念：教育他的讀者，以達到科學的、哲學的和精神的全面普及化的效果。他是個反對『菁英主義』（élisme）的作家，因為他希望他的作品能夠感動廣大的讀者，而不是一小圈文藝界的作家。由於反對菁英主義，連帶著他也反對各式各樣的文學獎，他認為那都是為少數菁英量身訂做的。為了能夠吸引更多的讀者，他的科幻書寫一直保持三個層次：聽故事的層次，專給年輕人；哲學的層次，專給年紀大一些的人；最後一層是留給那些在字裡行間尋找象徵與啟發的人。作者認為對一個藝術家而言，『普及化』的意志（volonté d'universalité）是一種高貴的情操，對他而言，真正的作家必須能夠感動所有人。這便是柏納·韋伯一直在追求的文學創作的理念。

柏納·韋伯在《大於10的死罪》這本小說中，提供給讀者一些荒誕的、離奇的和難以置信的故事，一些被推到極端的假設，這些都是忙碌的和實際的現代人很少會去思考的主題。在此書中，作者透過他任意馳騁的想像力，成功地結合知性與感性，讓全書呈現一種清新脫俗、幽默風趣的風格。然而，我們也發現此書隱藏的批判色彩，因為作者不僅對未來的世界與社會做了最大膽的預測與觀察，也對人性做了極為深入的剖析。作者曾說：『認知的慾望是人類最強大的動力。』就科學知識與想像的關係，我們可以感受到作者不斷地去探索未知領域的強烈慾望和對宇宙與大自然強烈的人文關懷。換言之，以科學的角度去探索，而以生態宇宙的存續作為科幻文學創作的終極關懷。因此，柏納•韋伯的作品是相當有內涵的，可讀性非常高。作者時而冷酷犀利，時而懸疑緊張的敘事手法，帶領讀者進入許多另類虛擬的想像空間，對讀者而言，這不啻是閱讀快感的主要來源。作者以其銳利的洞察力，營造出一個繽紛奇妙的科幻世界，讓讀者與未來的世界產生了微妙的共鳴，將緊張、不安、喜悅、刺激的感覺全部融合在文字之中。在真實與虛幻之間，將文字的張力拉到了最高點。

《大於10的死罪》是一本具有高度智慧的好書，是一本大人、小孩都應該閱讀的好書。我們期待作者寫出更多匪夷所思、扣人心弦的故事，讓平凡的生活變得更加刺激，更有內涵。

前言

小時候，我父親總會在睡前講故事給我聽。

然後，晚上我就會做夢。

隨後，每當我覺得世界太複雜難解的時候，我就會編個故事，把我的問題一一搬上台演出。這樣我的心情馬上就能平靜下來。

在學校，其他小孩常要我說故事給他們聽。故事開頭常常是這樣的：『他一打開門，就愣住了。』

漸漸地，這些故事變得越來越不可思議。然後這就成為一種遊戲，唯一的規則，是要提出一個問題架構以及找出一個出乎意料之外的解決方式。

在出了第一部小說之後，我想要用每晚一個小時的時間，來寫一篇短篇小說，這樣就可以維持我快速編故事的能力。這讓我可以從白天『大部頭小說』的寫作當中放鬆下來。

這些短篇小說，通常是來自散步中所觀察到的東西、和三兩朋友的聊天心得、某個夢

所帶來的靈感，或是純粹想要透過故事來擺脫讓我不快的事。

〈大於10的死罪〉是從和我的小姪子的一場討論而來的：他認為，他的班上分為那些只會數到十，和能數超過十，這兩個不同層級的人。

〈黑暗〉這篇的構想是觀察一個老人而來的。他被一個過度殷勤的路人，逼著過馬路。

〈白狐狸軍團〉是在參觀過一個養老院後所寫的。

我常常以封閉偏遠的場所（監獄、精神病院或屠宰場）做為故事的背景，以反映出我們所處的現代社會之狀態。

〈證樹〉是在和世界頂尖的生物學家阿姆札拉教授（Gérard Amzallag）的一番討論後，所寫出來的。這篇短篇小說所提到的科學新發現，雖然少有人知，確是真有其事。

〈我的寵物是人類〉的某些組成要素，是來自一部叫做『我們的朋友，人類』（Nos amis, les humains）的戲劇的內容。用其他生物的眼光，來看待身為人類的我們，這想法一直讓我感到很有趣。從各個角度來看，這都是取之不盡用之不竭的思考素材。我已經在《螞蟻》（Les fourmis）這部小說裡用過這個『外來眼光來看人類』的技巧，在故事裡面，我的女主角，第一〇三號，試著從電視新聞報導來詮釋人類的行為，還有在《天使帝國》（L'empire des anges）裡面，潘松從天堂觀察人類時，很難過地發現，人類只是試圖『減少不幸，而不是去開創幸福』。

螞蟻，天使，兩個對人類的互補觀點，一個是從非常『低』之處來看，一個是從非常『高』之處來看。而這裡，應該說是從非常『不同』之處來看。

〈預知未來方程式〉是自從我下棋下輸電腦之後，就想寫的故事。既然一堆破銅爛鐵能預測每一局的每一步棋，為什麼不試著把人類所有的知識都灌進去，包括所有對未來的假設，以便讓電腦提供給我們一些合乎邏輯的短期、中期、長期發展。

〈少年神的學校〉是我下一部小說（《天使帝國》續集）的草稿。裡面涉及到統治我們的神明，祂們在教育及日常生活上的問題思考。

這些短篇小說也是向你們介紹我小說形成過程的一種方式。

裡面的每個故事，都提出一個推到極端的假設：如果我們發射火箭到太陽那裡去，如果一顆隕石墜落在盧森堡公園裡，如果一個人能有透明的皮膚……

我真希望能在你們身邊，輕聲地對你們訴說這些故事。

B.W.

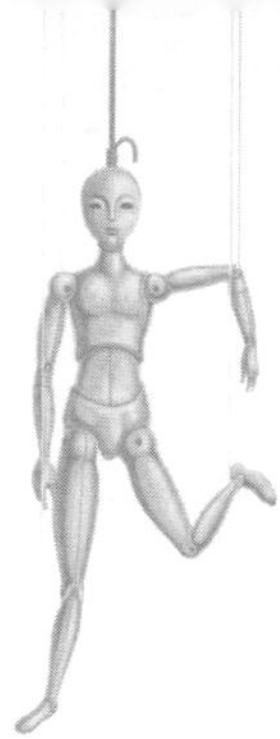

CONTENTS

我的寵物是人類

孩子們，我們都有在公寓裡養過人類，我們讓他們在籠子裡玩耍，在轉輪裡拚命轉個不停，或者安置在四周裝潢優雅的水族箱裡。

但是，除了這些做為寵物的人類之外，還有一些尚未被馴服的人類。我說的可不是那些充斥在水溝裡或倉庫裡，讓我們非得用滅人劑不可的那些人類。

最近我們才知道，有一個星球上面，住有處於野生狀態的人類，這些人甚至都還不知道我們的存在。我們認為，這個奇異的地方，是在靠近三十三號捷徑之處。在那裡，他們完全自由地生活在一起。他們蓋了好大的窩，會使用工具，甚至擁有一種他們才有的聒噪不休的傳播系統。關於這個野生人類所統治的神秘星球，有不少謠言在流傳。有人說，他們擁有能摧毀所有東西的炸彈，還說他們用紙張作為貨幣在使用。還有人說，他們會人吃人，會製造海底城市。為了要搞清楚這些是事實還是謠傳，我們的政府（依照叫做『不殺我們不瞭解的人』這個知名的計畫）從一二〇〇八年起就派遣了他們看不見的探險隊員對他們進行研究。所以，在這篇文章裡，我們要對這些還不太為人知的研究做個總結。

以下是研究大綱：

- 在其生長環境裡的野生人類。
- 他們的風俗習慣與繁殖模式。
- 如何在公寓裡飼養這些人類。

在其生長環境裡的野生人類

一、在哪裡可以找到他們？

在我們的銀河系裡，到處或多或少都有人類，但是他們能自主發展的唯一一個地方，就是地球。這個星球在哪裡呢？當我們去度假的時候，會試著避免假期的宇宙大塞車。這時，我們會走三十三號捷徑，事實上是比較遠的路，但是也比較不塞車。在七〇七號公路的附近，稍微減速一下，就能看到一個發黃昏暗的星團。把我們的太空車先停在這裡，一起進去看看吧。

在這個星團的左邊，可以看到一個頗為老舊的太陽系，裡面，地球是唯一還有生命跡象的星球。

我們可以理解，人類為什麼能成為所有文明觀察者的漏網之魚，而獨自發展起來。因為在太空中一個如此隱密的地方，的確，誰會想要去打擾他們。有人說，這個太陽系還是被一個觀光客在偶然之中發現的。他的車子拋錨在這個迷失的角落。

地球覆蓋著白色的蒸氣，而地球表面微微發藍。這個現象是由於大量氧氣、氫氣及碳所造成的。這一當地的特殊景致，形成了植物的生長及海洋的覆蓋。

二、如何辨認他們？

讓我們拿放大鏡，找個野生人仔細看一看：人類的腦袋上毛髮濃密，略紅或白或褐色的皮膚，四肢有許多指頭，靠後肢來維持平衡，屁股略微後縮。兩個小孔讓他們得以呼吸（主要是吸氧氣），另外兩個孔用來感覺聲音，還有另外兩個孔用來感覺光線的變化。（克雷的實驗：如果把人類的眼睛蒙起來，他就會跌倒。）人類不具有任何雷達系統，所以無法在黑暗中行進，這也解釋了他們夜間活動之所以不如日間活動旺盛的原因。（布隆的實驗：把人類丟到一個盒子裡面關起來。不久之後，人類會開始絕望地呼天喊地。人類害怕黑暗。）

三、如何在地球上找到人類？

有很多種方法。首先，晚上的話，就找有燈光的地方，白天的話，就找有煙的地方。

另外也可以藉由他們的道路來辨識：我們的太空船一落地，就能看見這些巨大的黑色線條。

有時，在森林裡面，可以發現露營的人類，做稼穡的人類，或做童子軍的人類。

地球上有許多次種的人類：水生類，腳上有黑色的蹼；飛行類，背上有個巨大的三角翼；冒煙類，嘴裡一直不停冒出蒸氣。

四、如何和人類打交道？

千萬不要把他們嚇跑。別忘記地球上的野生人類根本還不知道我們的存在！大部分的人甚至認為在他們的太陽系之外，就……沒有任何東西了！他們自以為孤獨地存在於宇宙當中。有許多我們的觀光客試著出現在他們面前，和他們溝通。每次的結果都很徹底：他們都給……嚇死了。

不要憤慨。

對如此孤立的動物來說，他們的審美標準，和宇宙當中流行的觀念當然不一樣。他們自認為很美，所以覺得我們很醜！

更矛盾的是，我們都看過我們馬戲團裡的人類在臉上塗塗抹抹，模仿我們一舉一動……

一些我們的同胞，曾經試著喬裝出現過。他們的確避免猝死的發生，但還是引起了各式各樣的誤會。所以最好還是避免直接和他們打交道。

請注意：在森林裡散步的時候，還是要小心點，我們也可能會被他們所謂的捕熊陷阱給夾到身體。

他們的風俗習慣與繁殖模式

一、求愛

在戀愛時期，人類紛紛展開求愛動作。人類和我們都知道的孔雀恰恰相反，不是由雄性，而是由雌性打扮得花枝招展光彩耀人。但是因為雌性人類沒有羽毛、頭冠，或鼓脹的喉囊，所以她們多半穿上花花綠綠的布塊，來吸引雄性的注意。

奇怪的是，雌性一定會遮蓋身體的某些部位，卻大刺刺地展露其他部位。為了增加她們的吸引力，她們在嘴巴上抹上鯨魚脂肪，在眼皮上塗上碳粉。最後，她們在身上灑從其他地球動物的性腺偷來的香水，像從山羊所擷取的麝香。她們甚至為了獲得虎尾香、薰衣草或玫瑰花的芳香，而去偷取花朵的性腺。

至於發春期的雄性，用嘴巴唧唧呱呱不停發出聲音，一邊拍打著繃緊的皮——該現象他們稱之為『音樂』。這一近似野蟋蟀的行為，不是每次都見效。所以，隨著所屬團體的不同，雄性求愛時，也可能在頭髮上塗滿豬油（髮油），或把自己的錢包像鳥的嗉囊一樣膨得鼓鼓的。最後一種的求愛方式，似乎是最有成效的。

二、邂逅

雄性與雌性人類之邂逅，是在某些特別以此為目的的地方進行的：陰暗嘈雜之處，如『夜店』。之所以陰暗，是為了讓雄性無法看清楚雌性的面孔（讓他只能聞到虎尾香、麝香或玫瑰花的香味）。之所以嘈雜，是為了讓雌性無法聽清楚雄性說的話。她就靠手來摸探他的錢包是否阮囊羞澀。

三、繁殖

野生人類的繁殖是如何進行的？一些活體外的觀察，讓我們得以揭開其神秘的面紗。雄性靠著一個小型的延伸物套入雌性之中，這一延伸物的大小，剛好是雌性那裡接收容器的尺寸。一旦套住了，他們就拚命抖動，一直到雄性的精子被釋放出來為止。

四、懷孕期

人類是胎生的動物。他們不會產卵。雌性把小孩留在肚子裡九個月之久。

五、窩

用鋼筋混凝土蓋起來的窩，他們會覆蓋上纖維類的東西，使得牆壁不會那麼刮人。他們還在裡面堆滿了立方體的東西，這些東西會發出聲音或光亮。在他們的窩裡，人類與匆匆地進門，在沙發上安頓下來，然後開始唧唧呱呱個不停。

雄性人類回到家的第一個動作，是小便，可能是為了要排放他的費洛蒙。而雌性則是吃巧克力。

六、人類的習慣

地球上的人類，有一些奇怪的習慣。一到夏季，他們會移往熱帶區域。他們用非常慢的速度在移動。他們把自己關在金屬的容器裡面，牛步緩緩前進。（伍姆思的實驗：如果我們讓一個雄性人類待在車子裡面一段時間，他出來時，會滿臉毛髮。）其他的習慣：每天晚上，他們會打開一個發出藍光的盒子，好幾個小時盯著這盒子動也不動一下。我們的學者正在研究這個怪異的行為舉止。人類似乎跟蝴蝶一樣，對光線著迷。

最後，或許也是最奇怪的習慣，就是，每天會有上千萬人自己跑去把自己關在地鐵車廂裡，不但缺乏氧氣，且動彈不得。

七、戰爭

人類喜歡相互殘殺。（克雷的實驗：把六十個人放在一個罐子裡，停止餵食，他們到最後會以極度兇猛的方式，相互殘殺而終結。）從大老遠的地方，就可以發現他們充滿金屬武器爆裂聲響的戰場。

八、溝通

人類溝通的方式，主要是靠聲帶的振動。他們用舌頭的移動來調整聲音。

如何在公寓裡飼養他們

一、採集

最好是採集標本，在家裡慢慢研究，但是如果把他們放在罐子裡，別忘了在上面弄幾個洞，否則小小人類會死亡。千萬不要忘記他們需要氧氣。

二、如何長期飼養人類？

如果要讓人類繁殖，必須記得挑選成對的人類：一個雄性及一個雌性的人類。要確定是否為雌性，要注意看她是不是穿得花花綠綠，有沒有一頭濃密的長髮。要小心：有些雌性沒有長髮，有些雄性卻有。要搞清楚是雄性還是雌性，只要把我們的觸手伸到罐子裡，叫聲尖銳的，就是雌性。

三、如何餵食人類？

通常人類喜歡水果、根莖葉子，及某些動物的屍體。但是他們很挑剔，不是所有的水果根莖動物屍體都吃。所以，最簡單的方式，就是餵開心果。從賣人類那裡的開心果販賣器買來就可以了。他們也很喜歡吃一點溼軟的喀拉歐喂豆。注意，萬一超過十五天以上忘記餵食，則整組人類最後會相互吞食（參考葛拉克的實驗）。

四、人窩

人類的人造窩稱做人窩。可以在販賣人類的商家那裡找到，或自己製造。但是，我們願不厭其煩地重複，必須要弄幾個洞在上面，他們才能呼吸。別忘了注意溫度及濕度。在氣溫幾度時最適合人類繁殖呢？把氣溫調到七十二度憂卡茲的時候，可以看他們脫光俗氣的衣服，這是很有趣的。他們似乎很自在，很快活，然後就會開始大量繁殖。

要小心，如果窩裡人類的數目變得太多，必須要擴大空間，或將雄性和雌性分開。

最後，人窩最好不要放得太靠近家裡的其他家畜，特別是齊克嗡。只要牠們一弄破人窩的蓋子，就會把人類吃掉。

五、人類可食用嗎？

好像有些小孩會吃他們的小人類。我們問過克雷博士這個問題，他認為應該是沒有毒性。但是地球的野生人類是十足的肉食性動物（他們癖好或生或熟或腐的動物屍體），所以，重要的是要提防可能的病毒感染。

六、可以教他們一些動作嗎？

當然可以。但是這需要耐心。有些很有天分的小孩會讓他們拿回木塊，甚至做一些高難度的跳躍。只要他們一成功就給他們一個獎賞。『人類有時好靈巧，簡直跟我們很像。』你們當中或許有人會這麼想。這也太言過其實了……

七、萬一玩膩了，該如何處理人窩？

正如小孩子的其他玩具，有時候要求要有一個人窩的小孩，長大之後就不喜歡了。（當小孩子說：『媽，幫我買人類嘛，我一定會好好照顧。』要知道這意思是前三天會好好照顧。）很多人的做法是把人類丟到水槽、垃圾桶或水溝裡。在這三種情況之下，如果人類沒有因此而死亡，這些從地球上抓來的人類，會碰到我們水溝裡的人類。但是地球人類沒有任何防禦力，他們太過『溫和』，會被跑得比他們更快的水溝人類追殺。所以，把他們這樣拋棄，對我們的小寵物來說，是很不應該的。

所以，小孩子假使不知道該怎麼處理人窩（特別是如果人窩裡還有地球的野生人類）的時候，我們很鼓勵把人窩送給貧窮人家的小孩，他們應該會很樂意繼續飼養下去。

漂浮的字

加布里耶坐在候診室裡一張很不舒服的椅子上，靜靜地等著醫生時，突然感覺到，對面牆壁上的畫，竟然開始移動起來。然後是整面牆在震動、扭曲，一直到完全消失不見。在他的四周，似乎沒有人有反應。然而，原來那面牆所在之處，出現了粗體的字：牆，括弧：**（厚度。五十公分。內面粉刷印花，外面上漆混凝土。存在目的，防禦惡劣天候。）**

字在空中飄浮。

加布里耶盯著這奇怪的現象好幾秒鐘，清楚地瞥見原先被牆所遮住的東西：馬路及行人。手一伸就穿過去了。當他後退，再次出現一陣模糊，牆又回復到原來的模樣。一面普普通通的牆，再普通不過。

他聳聳肩，心想這大概是自己的錯覺。畢竟，會來看醫生，就是因為他的頭痛一直折磨他，讓他再也忍無可忍。他打起精神，決定要去外頭街上走走。

還是令人想不透，這個物體竟忽然變成了一串字……

加布里耶在一所高中教哲學，他想起教過一堂有關符指（signifiant）及意指（signifié）的課。他不是教過學生，只要東西沒有名字，就等於是不存在的嗎？他揉了揉自己的太陽穴。或許他犯職業病了。昨晚他又重新讀了聖經：上帝給了亞當替動物及物體命名的權力……所以在這之前，這些東西都不存在嗎？

加布里耶終於漸漸忘了這個小插曲。接下來的幾天，沒有什麼特殊的事發生。但是一個月後，他正在觀察一隻鴿子的時候，突然看見牠變成兩個字：**鴿子**，括弧：**（327克，雄性，灰黑的羽毛顏色，降DO—MI調的咕咕叫聲，左腳略微跛行。存在目的，讓花園更為生色。）**

這次，定義這隻動物的字，在空中漂浮了二十多秒鐘。他伸手要去摸，但是鴿子這兩個字及括弧裡的字，馬上就一起消失得無影無蹤。他在天空的高處重新看到那隻鴿子，後面緊緊跟著幾隻咕咕叫的雌性。

第三次怪現象，是發生在離他家不遠的市立游泳池。當他正安穩地游著泳時，出現了這幾個大字：**游泳池**，括弧：**（充滿含氯的水。存在目的，小孩子的娛樂及大人的健身。）**

夠了。他認為自己一定是發瘋了，所以就直接去看精神科醫生。在那裡，他受到一生最大的震撼。看完醫生，拿了抗憂鬱劑的處方之後，他經過一面掛在走廊上的大鏡子。在他自己應該出現的地方，卻只見一排字，上面寫著：人類（一百七十公分，六十五公斤，外型普通，面有倦容，戴眼鏡。存在的目的，偵測系統的錯誤。）

太空糞便

那『東西』長得很像一顆隕石，但是，這可能是有史以來第一次，一顆隕石竟墜落在巴黎正中心的盧森堡公園裡頭。撞擊力道非常駭人。在這樣一個晴朗的三月天早晨，四周所有的建築物都被撼動，彷彿一顆炸彈在近處爆炸。

還好隕石是在清晨的時候墜落，罹難者屈指可數：只有三個單獨的散步者，而且還經指認為毒梟。反正，他們大清早在盧森堡公園會幹什麼好事？另外還有幾位體弱多病的人士，由於巨大的聲響，而導致他們心臟病發作。

『令人訝異的是，那東西所導致的損失僅止於此。』一個優秀的科學家說：『與其說這顆隕石是墜落下來的，還不如說是被放到我們地面上的。』

但是，還有個大問題等待解決：從今以後，一顆直徑大約七十公尺的岩石，就擺在全世界最有名綠地的正中央。看熱鬧的人紛紛湊過來。

『好……臭！』有人大叫起來了。

還真臭。這顆隕石惡氣沖天。前來支援的天文學家解釋說，有時候，墜落的隕石穿越硫磺所組成的星際雲層，就有可能變得這麼臭。

老是喜歡危言聳聽的記者們，馬上就把這塊岩石稱為『太空糞便』。一般大眾早就在猜想，這麼大一坨大便，會是什麼樣的巨大外太空生物排泄出來的。

當風是從北吹來，整個南區就彌漫著噁心的氣味，讓居民都很難受。門窗再怎麼關死，一股劇烈的臭氣，就是會刺激著鼻孔。一股嗆人、濃重、噁心的氣味。為了避免聞到惡臭，女人全身灑滿了濃濃的香水，男人蒙上帶有塑膠孔或活性碳濾網的口罩，大小跟真正的防毒面具有得比。人們回到家裡後，衣服沾染上的臭味，仍久久不散。要用清水大力沖洗好幾次，才能再拿出來穿。

氣味是一天比一天更令人窒息。有人提出假設，認為或許有什麼有機體正在隕石裡面腐爛分解……

甚至連蒼蠅，也倒胃至極，避之唯恐不及。

沒有人能夠對這種嗅覺的危害無動於衷。鼻腔刺痛，喉嚨發炎，舌頭變得遲鈍。氣喘者喘不過氣，感冒者再也不敢用嘴巴呼吸，狗狂叫不止。

起初，這顆隕石成為國際注目的焦點，觀光客蜂擁而至，但是不久之後，『太空糞便』卻變成巴黎市、然後是法國最嚴重的問題。

盧森堡公園四周的居民紛紛遷走。星期天再也不能去那裡慢跑。房租開始下跌，而且因為惡臭一直在擴散，人們逃得離市中心越來越遠。

當然，市府道路養工處想要用起重機及絞車把這塊岩石丟到塞納河裡，或許這東西就會一路漂去海裡。會污染就污染吧。『讓我們把馬桶沖沖水吧！』市長大呼。但是，沒有一個機具能夠抬起這個直徑七十公尺的糞便。所以，有人試圖用爆破的方式。但是，岩石實在是太密實了，根本無法打碎或磨損。

不得不咬牙忍受這團無法銷毀的臭東西。

一個年輕的工程師，馮司瓦•夏維農，提出了個想法：『既然這東西移不動也打不破，那就把它封在混凝土裡面，讓臭氣無法溢出。』不囉唆，馬上動手。怎麼現在才想到呢？市長下令執行，這也就是後來稱之為『包裹』的工程。工程單位找來了全國最快速的混凝土攪拌機，最堅固的水泥，在隕石上塗上一層十公分厚的水泥。但是，臭氣依然存在。然後又加了一層二十公分的水泥。還是一樣臭。一層一層地加。水泥一層一層地補。水泥之外還有混凝土。

經過一個月的努力，隕石的表面覆蓋著一公尺厚的混凝土。整個看起來就像是鈍角的立方體。臭味依然沖天。

『混凝土細孔太多。』市長這麼認定。『必須要找出一種更為密封的材料。』

夏維農建議用石膏，依照他的看法，石膏的吸收力更強，可以像海綿一樣吸掉臭氣。

這顯然還是不行。工程單位在石膏上又加鋪一層玻璃纖維：『玻璃纖維和石膏交互使用，就可以變成像建築物所用的雙層壁。』

立方體變得更為橢圓，但是還是惡臭不止。

『我們需要的是讓氣體一絲一毫也無法滲透出來的質材！』市長大吼。

大家眉頭皺了起來。哪種質材可以包得住這種惡臭？

『玻璃！』夏維農大叫出來。

怎麼現在才想到呢？玻璃！這種密實、厚重、不透氣的質材，是最佳的保護盔甲。

工人把矽石熔解，變成高溫的橙色玻璃料，來覆蓋在直徑七十公尺的隕石上。（一層層的混凝土、石膏、玻璃纖維讓這龐然大物又變得更大。）

等玻璃冷卻之後，隕石看起來就像顆巨大渾圓的彈珠，透明光滑。雖然巨大，卻不醜陋。臭味終於消散了。玻璃戰勝了惡臭。

整個巴黎市都興高采烈。終於可以告別口罩及活性碳濾網。居民從郊區遷回來，到處都舉行著舞會。大家圍著珍珠光澤的球體跳著法蘭多拉舞。

強力投射燈照亮了球體表面，巴黎人已經把盧森堡公園的巨球當作是世界第八大奇景，自由女神像淪為一座小雕像，它在隕石面前，實在是小得可憐。

市長發表一番談話，他語帶幽默地指出，『這顆大球坐落本市是再自然也不過的事了，因為我們擁有全國最強的足球隊。』語畢，掌聲不斷。在一陣笑聲之中，所有的痛苦都被遺忘了。夏維農獲得市政勳章，攝影師鎂光燈劈啪作響，站在光滑巨球旁的這位年輕科學家，也因此名垂千秋。

在另一度空間裡，此時正是外星珠寶匠克拉歐維成果驗收的時刻。

『太棒了！』人馬女顧客驚叫起來。『我從來沒看過這麼漂亮的養殖珍珠。你怎麼培養出來的？』

克拉歐維微微一笑。

『這是秘密。』

『你不用牡蠣了嗎？』

『嗯。我發明了另外一種技術，可以增加厚度和光澤。牡蠣的確可以讓渣渣覆蓋上珍珠層，但是拋光不夠完美，而用我的新方法，您看看，成果驚人。』

女顧客把她八隻圓眼當中最靠近的一隻，湊到放大鏡前，發現到，這東西的確細緻。在藍色的燈光下，那顆珍珠絢爛奪目。她從來沒有見過更了不起的作品了。

『你是用動物還是機器做出來的？』她很感興趣地問。

珠寶匠故作神秘，毛茸茸的耳朵紅了起來。他希望保密，但是因為顧客堅持，他便壓低聲音說：

『我是用動物。一種很小的動物，比牡蠣更會製造珍珠。好了，您是要我放在珠寶盒裡，還是要馬上戴上？』

『我要珠寶盒。』

人馬顧客被珠寶商開出的價碼嚇到了，但是她真的很想要這顆珍珠。這顆完美的珍珠會在人馬的聚會當中大放異彩。

第二天，珠寶匠克拉歐維拿著鑷子，趕緊又丟了一粒髒東西到盧森堡公園中央。這次更大、味道更重。跟前次的位置完全相同。為了提高生產力，他也在莫斯科的紅場、紐約的中央公園、北京的天安門廣場、倫敦的皮卡得利廣場各放一顆。財源滾滾而來。如果一切順利，他每年可望在這個太陽系的藍色小星球上，培養出五十到一百顆珍珠。製作幾乎不花什麼成本。他只要在情趣商店買一粒臭球就大功告成了。當然，隨後要把手仔細地洗乾淨才能消除臭味，但實在是很值得。

人馬女顧客把她從珠寶商克拉歐維那兒買來的養殖珍珠，拿給她的朋友們欣賞。大家立刻爭相想要相同的珍珠。

女神徵婚啟事

夢寐以求的女人？

她是埃及的女神，叫做奴。

早上五點，當太陽是一片玫瑰色的時候，她用驢奶洗澡，一面品嘗她最喜歡的開胃酒，這種酒是把珍珠溶解在柯林斯陳酒釀的醋裡面做成的。其他人喝了會致命。當樂隊開始唱起對她的讚美曲時，女侍殷勤地為她按摩。

這首讚美曲獨一無二之處在於，它不是由人而是由八千三百隻夜鶯所吟唱的。

然後，奴吃幾片尤加利樹的葉子，沾點杏仁糖水，做為早餐。之後，她開始化妝。奴親自在象牙臼裡，搗碎她的眼影墨，把弄出來的銀粉，妝點她睫毛修長的半透明眼皮。她用虞美人色素做的唇膏，來為她的雙唇增色。然後，她用章魚墨色做成的黑色指甲油，塗抹她的腳趾甲和手指甲。

她總是穿著一身金線織成的長袍，戴著兩顆寶石，一顆血紅色的紅寶石，放在她的頭髮裡面，一顆藍寶石，放在她的肚臍眼裡。在她的耳垂和脖子上，灑上三滴添加香檸檬的白麝香。這香水，是克里特島的老奴婢為她調製而成的。而這名老奴婢，是從某次北方蠻國之旅帶回來的。

奴從來不打她的奴隸，除非她們長得比她還漂亮，這倒是很少有的事。

女侍們在一旁乖乖待命。

她說話的時候，耳環如朝露般閃閃發光；她漫步的時候，腳上的鍊子叮叮作響。

有人帶來她的貓咪。這隻叫松巴的獵豹，只為她而活。

奴不工作，怕傷了手。奴認為工作會增加皺紋，減低壽命。奴不是在吃，而是在品嘗。不是在呼吸，而是在律動。

奴不只是一個女人。奴還是一顆星，正如太陽和金星。

出身高貴（有人說她是風之女），奴卻不怕和賤民打成一片，尤其是在星期天，尼羅河谷的鴨嘴獸大賽的時候。

我們可以看到奴奔出她的花園。她沿路經過的花兒，為了引起她的注意而努力飄散出最優雅的香味。但一點用也沒有。

有時奴會想擁有一些黑皮飾件（正如她所說的，是為了沾點『民風』，因為奴喜歡帶

點平民之氣），但是她絕對不至於庸俗到穿戴上這些東西。

中午的時候，奴吃一塊披薩。她選擇沒有鯷魚的，卻有很多醋泡桔花蕾，一點牛至香料，義大利雌牛乾酪，和精選橄欖做的辣油。披薩的餅，必須是在用檀香木燒的爐子裡烤出來的，餅裡的麥，必須是在陽光下長大的，而不是在溫室裡種出來的。

伴著披薩的，是一道綠色的沙拉，但是沙拉只放菜心（奴最討厭菜葉在臼齒上所發出的恐怖喀吱喀吱聲）。醋味香脂沙拉醬當然是要另外端出，溫度控制在體溫，並且有茴香的香味。

奴不是在走路，而是在滑行，不是在說話，而是在歌唱，不是在看，而是在觀察，不是在聽，而是在理解。

回到家裡，有時她會彈上一曲魯特琴。她修長纖細的手指上特長的指甲，輕撫著琴。有人說，聽過奴彈魯特琴的人，似乎都會沉沉地醉倒。

日落時，當她進入客廳，太陽也退避三舍，因為太陽也不願意和她爭光。她再怎麼討厭小老鼠，也無法改變這一事實。

晚餐的時候，奴接待貴賓。她會在有葉飾的羊皮紙上，記下一些細緻的恭維。然後獻給她的貴客。大家都對她的才情稱讚有加。

奴有個哥哥，叫義保夏，他暗戀奴，而且不讓十三歲以上的男子親近奴。但是她知道，如果她遇到一個和她相配的年輕貴族，她會毫不猶豫地把義保夏甩開。

晚上，當天空暗潮一波波地熄滅雲彩，慵懶地靠在陽台扶手的奴，會開始沉思她生命的秘密及宇宙之奇異。

然後她的手伸入裝滿微酸的松子混蠶繭的甕裡。

睡覺之前，一個智者會對她講述真實的世界史。他會告訴她過去塵煙裡的眾神之戰。他談到大自然各種力量為了創造俗世而喧囂對立。他敘述隱形族群的故事，包括小精靈、人馬、獅身怪獸、天使及其他妖精是如何串通勾結，操縱人心。他讚揚失寵英雄的榮耀，因為這些英雄為了理想而戰。

然後，她會思考……

最近，她沉迷於一種新的消遣：入侵鄰國。她已經入侵了納米比亞，打敗南努米底亞的部落群。可惜奴的軍隊，成員只有荷蘭傭兵、摩爾達維亞的弓箭手、瑞士的投石兵、阿特拉司山脈的毒爪獅、滿嘴刮鬍刀片的鴕鳥、噴火的老鷹、象鼻能噴出膠水的矮象，和能用燙人的油轟炸的鷹。所以無法與二十一世紀的現代化部隊抗衡。這也是為什麼奴要找能把她的軍隊現代化的人。這個人要能靈活舞劍，至少是同等大小國家的王子，熟悉馴象，衣觀整齊，不隨地吐痰，不挖鼻孔，只對她的美麗有感覺，懂得現代的運動療法，服完兵役並且沒有家庭的負擔（奴不要有婆婆在背後指指點點）。

她希望他既溫順又充滿野性，高貴又下流，順從又反叛。奴也不想要無聊乏味的男子，他必須要既冷靜又狂熱，英俊卻不自戀。尤其是要有一輛3000cc紅色跑車，以及在鎖碼的保險箱裡，裝滿銀行帳戶資料。如果最後一個條件能滿足，其他就可有可無。

如果你們知道有人可能符合上述條件，請寫信給編輯代轉。

時空保險

六月，陽光四射，微風輕拂。路上，到處是身穿低胸襯衫、緊身牛仔褲的女生，及穿T恤戴墨鏡的男士。呂貝宏決定用他所有的積蓄，去度一個非常獨特的假：時空旅行。他知道自己那些積蓄，足夠讓他享受這樣的服務。他一邊想著一輩子至少要來一次這樣的旅行，一邊果決推開時空旅行社的大門。

一位很可愛的小姐來招呼他。

『先生您想要去哪一個年代？』她殷勤的問。

『我想去路易十四的時代！這一直是我夢想中的年代！只要讀一讀莫里哀或拉封丹的作品，就知道那時代的人是多麼優雅。我要好好欣賞凡爾賽宮的那些花園、噴泉、鑲板、雕塑。我要讓自己風流倜儻，這在當時的宮廷是多麼重要。我要呼吸一下尚未空氣污染的巴黎，我要吃有番茄味的番茄，吃沒有殺蟲劑及殺菌劑的蔬菜水果，嚐一嚐沒有消毒過的牛奶。我要找回原味。去看看一個不會有人整晚在看電視的時代，一個懂得享樂、溝通、關心他人的時代。我要和那些上班前，不需要吞抗憂鬱劑的男男女女談天。』

服務小姐微微一笑。

『先生，這我很能瞭解，您的選擇很正確，您的熱情讓人欣賞。』

她拿了一張登記表開始填寫。

『先生，您有沒有考慮過先注射預防針？』

『預防針！我又不是要去第三世界！』

『沒錯，但是您知道，那時候的衛生……』

『我是要去一六六六年參加莫里哀在宮廷表演的喜劇「屈打成醫」！我才不是要去躺在緬甸叢林的一個什麼沼澤裡！』呂貝宏不快地說。

服務小姐趕緊緩頰。

『或許吧，但是一六六六年的法國，鼠疫、霍亂、傷寒、口蹄疫，還不說其他的病，都還非常猖獗。您必須要先注射這些疾病的預防針，否則您可能會把這些病一起帶回來。這是強制規定。』

第二天，呂貝宏又來了，手拿著蓋滿章的健康簿。

『我該打的針都打了。我什麼時候可以出發？』

服務小姐檢查那些章，然後交給他一本旅行指南手冊。

『裡面有旅途順利必須要知道的所有建議。另外，我們強烈推薦：每天要吃尼瓦金（nivaquine），尤其不要喝水。』

『那我喝什麼？』

『當然是喝酒！』一個在他之後進來，滿臉鬍鬚，聲音低沉的人大聲嚷嚷。

『喝酒？』呂貝宏訝異地轉過頭來。

『這位先生說得對。』服務小姐說：『在一六六六年，最好是喝酒。塞瓦茲啤酒、蜂蜜酒、啤酒、紅酒、甘露……酒可以殺病菌。』

『還好，當時有很好的酒。』另外一個顧客繼續說：『像他們製造的一種大麥酒，您到時可以告訴我到底如何。』

呂貝宏滿腹疑惑地打量著他。

『您已經到一六六六年去旅行過了？』

『好幾次了！』那人說：『我是時空旅行的常客。讓我自我介紹一下：杜培，我很願意為您效勞。我是很有經驗的旅客。那本《時空自助旅行指南》是我寫的。我已經探索了許多時代。』

他坐下來，他的眼光望向遠處。

『您所看到的在下我，是一個專業的觀光客。我幫忙建造過埃及法老王的金字塔。唉，想想那工地的氣氛真是不可思議！有一個很怪的傢伙，很會開玩笑，讓你不得不坐下來，捧腹大笑。我曾騎馬騎在亞歷山大大帝的旁邊。在他打敗波斯人的亞爾貝爾城那一戰裡。他和他的將軍或許都是同性戀，但是做為重武裝步兵，他們真的是令人不寒而慄。』

『您選擇路易十四的年代？這是一個很可愛的時期。如果有機會的話，嚐一嚐當時特有的一道菜，野味汁雪鳥。您再告訴我如何。』

呂貝宏對這傢伙不太信任。

『還有其他的建議嗎？』

『有。您將遇到過去的人，不要教他們現代的技術，不要告訴他們未來的事，千萬不要承認自己是時空旅客。萬一遇到麻煩，立即回來。』

『該怎麼去呢？』

那年輕的服務小姐給他一個長得很像計算機的東西，上面有各種按鍵。

『您在這裡輸入您要去的目標年代，然後按確認。設定出來的量子交會處，會讓您置身在您要的時空點上。但是要小心，不要搞錯回程的日期。這個機器只能設定一次的行程，千萬不可以犯錯。』

『絕對不可以，』杜培又添加了一句，『不能搞錯，否則會被困在過去。我有一些朋友，就是這樣。我試過好幾次要找他們，但是我不知道他們到底在哪裡。在整個地球上找人，已經很困難了，萬一連他們在哪個時空點都不知道的話，找人根本就是異想天開的事。』

服務小姐拿出一張黃色的紙。

『您要不要買時空救助保險？』

『這是什麼東西？』

『一種保險。萬一出事，一組救難隊會去尋找您。我們已經救出不少迷失在時空裡的旅客……』

『很貴嗎？』

『一千歐元，但是這個合約可以讓您高枕無憂，我真的建議您買。』

呂貝宏仔細地讀著保單。

『先生，我也建議您買下，』大鬍子顧客說：『我從來不會不買這保險就去旅行。』

一千歐元，保險就要將近三分之一的票價！呂貝宏在想，這也實在是太誇張了。他平常旅行並不會這麼小心，這次也不例外。再怎麼說，這也只不過是個休閒活動而已呀！

『很抱歉，還是不要。已經夠貴了。我不需要你們的時空保險。』

服務小姐也莫可奈何。

『先生，可惜了，您可能會後悔的。』

『我已經決定了。還有什麼其他的建議嗎？』

『沒有了，您現在可以出發了。請輸入您要去的年代及地點，然後按這裡。』服務小姐把那台紅色的計算機遞給他。

呂貝宏穿著一套路易十四時代的衣服，是從電影服裝道具管理員那裡買來的。他只帶了一個年代不明的皮袋。然後他舒舒服服坐在一張椅子上，輸入年代，按下出發鍵。

巴黎，一六六六年。

第一個襲向呂貝宏的強烈感覺，是氣味。整個城裡充滿著尿臊味。讓他差點要按下回程的按鍵。不過等他把呼吸幅度縮小，並把手帕捏在鼻子上之後，他終於習慣了這個臭味。

第二個震撼，是蒼蠅。他從來沒有看過這麼多的蒼蠅。第三世界恐怕也沒有這麼多。而且，他從來也沒有看過這麼多的人類糞便堆在馬路上。他趕緊衝向一條商店街。店門口掛著色彩鮮豔的招牌。修鞋的店掛著一隻鞋。酒館掛著一瓶酒。燒烤店掛著一隻雞。商家為吸引顧客上門而大聲吆喝。對現代的旅客來說，這裡所有的人說著一種近似方言而不是莫里哀的語言。

呂貝宏差點被從窗戶匆匆丟下來的垃圾砸到。天呀，他從來沒想到，十七世紀會是那麼髒！而且老是有一股尿臊味及腐爛物的味道。這也難怪：沒有下水道系統，公寓裡沒有自來水，沒有倒垃圾的管道，沒有道路清潔服務。到處爬滿了老鼠，隨處亂跑的豬用豬嘴到處搜尋可以吃的東西。老鼠和豬就是當時的馬路清潔工。

路面狹窄又彎彎曲曲。呂貝宏覺得陷入一個令人做噁的巨大迷宮。皮革商的攤位散發出刺鼻的皮臭味。

呂貝宏在想，看來，二十一世紀也不是只有缺點。他在一條小路上繼續前進，然後是蒙佛岡的絞刑架出現在眼前。總算來到一個出名的地方。總算有觀光景點。被吊死的犯人，滿身是烏鴉。流出來的精液，讓曼德拉草得以發芽。傳聞果然不假……

他拿出他的迷你數位相機，拍了幾張鐵定會讓他的朋友驚訝不已的相片。

他繼續往市中心的方向走，又發現其他歷史遺跡：寺院市場、乞丐集中區。他飽嘗那個時代的形形色色。他的旅行終於有點樂趣了。如果沒有這股臭味，這趟外出可以說是幾近愉悅。他停在一家酒館裡，喝了一杯辛辣而溫熱的塞瓦茲啤酒，怨嘆冰箱為什麼還不存在。然後繼續閒逛著，一邊找晚上住宿的小旅館。

呂貝宏在一條新的路上迷了路。他四周的蒼蠅越來越多。吸引蒼蠅的，不只是人的糞便及垃圾，還有屍體。牆上刻寫著這條死路叫做『屠夫街』，下面，正躺著一具顯然已無生命跡象的屍體，臉上咧開一張嘴在笑。

『叫騎警隊！』他對著路人大叫。

一名男子用無法理解的句子回他。顯然是當時流行的舊法文。還好，呂貝宏早就預料到這個時代的語言很難懂。他藏在耳朵裡的翻譯器適時解救了他：

『發生了什麼事，有什麼問題嗎？』這人問。

他的翻譯器提供他報警所需要用到的字。這時，那人舉起帶釘子的棍子，一棍打得正著。呂貝宏只看到那人拿走他的皮袋就昏過去了。

當他醒來的時候，一個年輕女孩正在幫他上止血帶，他還來不及反應前，她就已經用一把銳利的刀，劃下一刀，讓血流出。

『妳瘋啦，妳在幹什麼？』

她聳聳肩膀。

『當然是在放血囉。你情況不佳，我把你拖回我家，你不謝我，反倒罵起我來了！』

她笑了笑，然後拿了一塊濕布擦拭他的額頭。

『別說話，你還在發燒。你不該在路上打架的。』

他揉著頭，想起在屠夫街裡被人打……他的皮袋被偷，皮袋裡面有可以回到現在的機器！

沮喪之極，他頓時發現，從此，他也被困在過去。

他的眼光輕輕地落在他的救命恩人身上。這年輕女孩儀態優雅，頗有魅力。但是他卻感到很不舒服。她身上有一股野獸的味道。她可能從她出生以來都沒有洗過澡。

『有什麼東西不對勁嗎？』她問。

她講話的時候，更糟糕。從她的嘴裡散發出一種腐敗的氣味，然後看到她發黑的牙齒，更是令人難以忍受。她當然不知道什麼是牙膏、什麼是牙醫，可能只看過幫她拔牙齒的人，可能一輩子都沒刷過牙。

『妳有沒有阿司匹靈？』他問。

『有什麼？』

『對不起，我要說的是，垂柳樹皮煎成的藥劑。』

她皺起眉頭。

『你懂草藥？』

那年輕女孩突然覺得很可疑，兩眼盯著他，似乎在後悔當初為什麼要救他。

『你該不會是個「巫師」吧？』

『當然不是。』

『總之，你是個怪人。』她眉頭皺著說。

『我叫做呂貝宏。妳呢？』

『貝托妮。我是補鞋匠的女兒。』

『貝托妮，謝謝妳救了我。』他說。

『總算還懂得一點感謝。怪人，我為你準備了雞奶。』

她拿出一碗泛黃發白、令人倒胃的湯，上面漂浮著幾塊麵包及白蘿蔔。他吞下那油水，再也沒心思要喝咖啡或茶。

『自從你精神恢復過來以後，似乎深受什麼事的困擾。』年輕女孩繼續說。

『是這樣，我來的省分，那裡的人成天想著洗澡……』

『洗澡？你是指澡堂？』

她向他解釋，這些地方已經變成藏污納垢之處。而且，博學者發現，熱水會導致皮膚皸裂，使器官暴露於惡氣，人們懷疑鼠疫正是來自這些惡名昭彰的澡堂。

呂貝宏在想，這些社交場所，大概惹惱了教會。

果然，貝托妮接著說：

『神父禁止我們去澡堂。他說好的基督徒怎麼可以去這種空氣又濕又燙、跟地獄沒兩樣的地方。』

呂貝宏在想，他回去的時候，寫一篇有關十七世紀衛生的論文，應該會很有趣。

『好了，話說太多了，你休息吧。』女孩下令說。

他醒來的時候，巡邏人員包圍逮捕他。貝托妮揭發他是巫師。他立刻被帶到中央監獄，和另外兩個人一起被丟到監牢裡。

『你是因為什麼罪名來這裡？』

『巫術。』

『那你呢？』

『巫術。』

『我們都是因為搞巫術而被關在這裡？』

呂貝宏的目光落在其中一個一起被關的室友身上，他背心裡有個東西微微掉出來。

『你這是一台照相機！』

『唷？你懂攝影？』另外一個驚叫出來。

『當然，我從二十一世紀來的。你呢？』

『我也是。』

呂貝宏鬆了一口氣。

『我是來這裡度假的。』他說：『很不幸我碰到小偷，然後，怎麼解釋也解釋不清。最後，這裡的人把我丟到這個黑牢。』

『所以我們三個都是時空觀光客。』第三個囚犯發現。

『是呀，他們把我們當成巫師。』

某個地方傳來恐怖的尖叫聲，三個囚犯都不寒而慄。

『我好害怕。他們會把我們怎麼樣？他們可能想要折磨我們，要我們承認和惡魔的交易。』拿照相機的那人說：『然後把我們吊死在蒙佛岡的絞刑架上。』

呂貝宏在想，不久之後，就輪到他來滋養曼德拉草。他一直在想著被絞死的人那藍色的舌頭及蓋滿烏鴉的頭，凡爾賽宮及莫里哀的戲劇離他是多麼地遙遠呀！如果他沒有丟掉那台返回未來的機器就好了。他激動地扯著鐵鍊，手腕被鏽鐵弄傷了。

第三個『巫師』一副氣定神閒的樣子。

『您似乎不太擔心。』呂貝宏注意到了。

『我買了時空救助保險。如果三個小時之後，我沒有傳出說好的信號，他們會自動把我送回去。而且，他們就快到了。』

果然，這人突然消失，身後留下掛在那裡的鐵鍊，空空盪盪，只有一點藍色的煙霧。

『這麼一來，獄卒會更懷疑我們了。』另一個觀光客說，一邊吹散可能會被當作魔法的煙霧。

呂貝宏咬著嘴唇，焦慮到了極點。

『早知道，我就聽服務小姐的話，也買時空保險……』

囚室的門被打開，發出陰森恐怖的吱吱怪叫，進來一個身材嚇人的人，眼睛上蒙著一塊紅色的半截面罩。應該是劊子手。呂貝宏覺得他的臉很熟。那黑鬍子！對了，就是那個旅行社的顧客，說他自己是《時空自助旅行指南》的作者，杜培。他怎麼會來這裡？這時，他開始期待他是來救他的。他沒時間多想。武裝騎兵已經把他推向絞刑架，杜培正準備要處死他。

『您早該聽我的勸告。』他悄悄在他的耳邊說：『我不只是《時空自助旅行指南》最投入的編者，隨時準備好參與各種經歷及執行各種行業，以便提供我的讀者最佳的資訊。我還負責時空保險的行銷業務。』

這個意料之外的劊子手把繩子套到他的脖子上，開始拉緊繩索。呂貝宏的命，就繫在一張小凳子上，他的腳在上面激動地扭來扭去。他閉上眼睛，重新看到他這一生所有美好的時刻。

杜培再度靠近他，向他的耳邊低聲說：

『時空保險決定向旺季前、六月出發的觀光客，展開促銷活動。這段時間出發者優先考慮。學生的考試確實還沒考完，但是對其他人來說，錯開假期可以避免擁擠的人潮。您覺得如何？』

『這個的確是個好主意。』呂貝宏支支吾吾地承認。

『顧客都是很盲從的。大家都在七、八月的時候出發，結果六月，旅行社幾乎停擺，而路上也空盪盪的。』

『這是真的，』他困難地一個字一個字說著，『太氣人了。』

『而您選擇六月出發。這很好。可惜您沒有想到要買時空保險！當然，我應該多強調一點。但是我們給自己的嚴格規範是：不強迫購買。』

『當然。』呂貝宏同意，痛苦地吞下他的口水。

『否則，觀光局會找我們麻煩。』

四周的人群已經在高聲喊叫了：『處死巫師！處死巫師！』

『對了，』臨時劊子手說：『如果您現在不死在這裡，明年您要什麼時候去度假？』

『六月。六月，不行的話就九月。您說得對，應該要優先考慮沒有人潮的月份。就像這次，讓我避開了七、八月的旺季。』

戴著紅色面罩的劊子手，似乎正努力在思考，而人群越來越不耐煩了。

『您會六月出發，而且會買時空保險囉？』

『連考慮都不用考慮，我甚至會向我的朋友大力宣傳。我當然不會跟他們說我的不幸遭遇。』

『時空保險總是盡力要照顧好它的顧客，不管是現在或未來的顧客。歡迎加入我們。』

杜培莊嚴的一個手勢，像在送禮物一樣，就把寫著2000這個數字的紅色計算機放在呂貝宏背後反綁著的雙手裡。呂貝宏按下按鍵，一邊對天發誓，不管有沒有時空保險，這將是他最後一次的時空之旅。明年，他會選擇在蔚藍海岸的俱樂部旅館訂房。在七月，像大家那樣。

不再出怪招了。

我和左手簽約

我叫做諾貝・波提何藍，我是便衣警察。我一直以為可以全權操控我的身體，直到有一天，我碰到『這個問題』。情況很棘手：我的左手剛跟我搞分裂。

它是怎麼變成獨立的？我不曉得。有一天，我想要挖鼻子，我的苦難就從這裡開始。平常我都是用右手挖，但是因為那天我正在看一本書，我想就乾脆用左手挖。它無動於衷。那時我也沒有太在意，就像往常一樣用右手挖。

這事又再重演。有一天，當我用右手換檔的時候，我的左手卻離開我車子的方向盤。我用右手抓緊方向盤，才火速校正了一個急轉彎，把車身拉回來。隨後，在餐桌上的時候，我的左手拒絕去拿湯匙，右手只好獨自和義大利麵奮戰。

『你在搞什麼鬼啊？怎麼回事？』

當然，沒長嘴巴沒長耳朵的，我的左手根本無法回答，但是它做了一件讓我更為驚訝的事：它指著我的右手，說得更準確一點，是我手腕上的那隻銀色手鍊。難道我的左手是在嫉妒我的右手嗎？

我滿腹疑惑地用牙齒解開我右手的錬子，然後戴在左手手腕上。我不曉得是不是我的想像力在作怪，但是，從那時候開始，我的左手似乎又重新聽命於我。我稍微想要挖鼻子的時候，它就會去挖。當我的右手在換檔的時候，它也會緊緊穩住方向盤。此後，它成了一隻討人喜歡教養良好的手。

一切都再順利不過，直到有一天，我的左手又想要鬧獨立。那時我正在歌劇院看一場表演，它突然敲起手指來，敲到我被迫在觀眾的一片噓聲之下離開。而且它又拒絕跟我解釋這一野蠻行為的理由。

隨後，我的左手不斷地惹火我。它用很可笑的方式在我的口袋伸進伸出，它拉我的頭髮、不讓我的右手剪它的指甲，害我把自己劃得傷痕累累。有時候，當我在睡覺時，我的左手還把兩根手指插入我的鼻孔，害我差點窒息。

我當然不想要屈服於它，但是我的左手似乎想要告訴我什麼事，而且非常堅持要讓我知道。我們大可正面對抗可怕的敵人，但是萬一你的對手成天在你四周哼哼哈哈，還躲在你褲子的口袋裡，那我可以跟你保證，這場仗難打了。

接下來的幾個星期真是很難忘。我的左手在百貨公司裡偷東西，讓我在不好說話的保全人員面前尷尬極了，更挑釁的是，這卑鄙的傢伙故意在站在出口的守衛面前秀出它的贓物。如果沒有我的警察證，我可能跳到黃河也洗不清。

我去朋友家拜訪的時候，我的左手會推倒易碎的雕像和擺設，還裝作一副不小心的樣子。當我和我的右手正靜靜地在喝茶時，它會把手伸進超保守女士的裙子底下，甚至還敢亂摸人家的胸部。我被甩了好幾個耳光，而我的左手就用下流的手勢回報之。

我最後只好把我的煩惱吐露給帕都醫生，一個做心理分析師的朋友。他說這很正常。我們左腦和右腦是分裂對立的。左邊是理性，右邊是情感。左邊是陽性，右邊是陰性。左邊是意識，右邊是無意識。左邊是秩序，右邊是混亂。

『但是如果秩序是在左邊，為什麼偏偏是我的左手在搗蛋呢？』

『四肢的控制是另一半邊在管理的。你的右眼、右手、右腳是左半邊在控制的，反之亦然。你右邊的無意識，在長期壓抑之下，努力要引起你的注意。這種態度常常具體表現成歇斯底里、爆怒，或藝術衝動。壓抑的右腦一般是這樣表現出來。但是你呢，有一點很不一樣。右腦的沮喪是用左手的反抗來表達的。這很有趣。把你的身體想成是一個很大的國家，其中一個地區發生叛亂。在法國，我們曾經有旺代、不列塔尼、巴斯克，和加泰隆尼亞的獨立運動。這只是有機體內部的一個政治問題。實在是再正常不過了。』

得知我的問題可以用心理分析來解釋後，讓我放心不少。但是這個『反抗的附屬器官』所帶來的麻煩卻與日俱增。甚至妨礙了我的工作。

在警察局，我的左手玩弄著擺在桌上的手槍套。它塗抹我的報告，點火柴丟到紙屑簍裡，拉我上司的耳朵。

我只好問我的左手，有什麼新玩意兒會讓它開心。譬如說，它想不想要我右手的戒指？但是我的左手抓起一隻筆，吃力地寫下（我是右撇子，不是兩手都同樣靈巧的人）：

『簽合作契約。』

我一定是在做夢。和我的左手合夥！它從我出生就是屬於我的！手是我既得的，怎麼可能去協商一個已經是既得的利益。我一直都擁有我的左手。它是我的。由於它似乎能聽到我內心裡的聲音，我就跟它說：

『還要什麼？』

它又拿起筆：

『我要有自己的零用錢，過我想要的生活。如果你不同意，我會讓你日子很難熬。』

我不願就此投降，所以就試圖安撫它，帶它去修指甲。一個手很巧、很迷人的年輕小姐負責照顧它，讓它重新神采飛揚。現在，它的指甲閃閃發光。這隻背叛的手上，一切都是乾乾淨淨的。但是，我的細心體貼卻不足以制伏這妖怪。它只要一有機會，不管在哪裡，我的左手就會寫著：『合作不然就搗蛋！』

我拒絕在威脅之下妥協。有一天，我的左手抓住我的喉嚨，想要掐死我。我的右手花了好大的力氣才讓它鬆手。從這時開始，我知道我的左手是很危險的。但是我也可以變得很危險。我警告它：

『如果你繼續這樣一意孤行，我可以把你砍掉。』

當然，我一點也不喜歡這個想法，但是我也不願意永遠活在一隻無法控制的敵手的威脅之下。為了向它證明我的決心，我把它關在我的滑雪手套裡，希望它會乖乖就範。事情卻不是如此。所以我只好把它關在一個我自己做的橡木盒裡，讓它只能縮成拳頭。我一整個晚上都不理它，然後，第二天早上，我可以感覺到它沮喪透頂。對那些不聽話的手來說，監獄是很極端的手段。或許它終於瞭解到誰才是老大。

『我：諾貝•波提何藍，是這整個身體，從指關節到骨頭深處，無可爭議的主人，器官的擁有者，賀爾蒙、胃酸分泌的唯一負責人，血流及神經系統電流的仲裁者。我是我身體的主人。我生來就有這個資格。不管是哪一部分的器官膽敢鬧分裂，必會受到武力的制裁。』

我如法國暴君路易十一世般重申一遍。

我把它放出監牢，它再次就範，大概維持了兩個星期左右的時間。然後，它抓起一支粉筆，在牆上寫下：『自由，平等，合作。』太過分了！既然如此，為什麼不乾脆也來個投票權好了？我的右手投右派，左手投左派。

我把它關在石膏裡關了一個星期。進監牢！當有人問我怎麼回事時，我就說是滑雪跌倒受傷的。晚上，它用指甲憂傷地搔搔石膏壁。好小子，我決定釋放它。重見天日讓它興奮地發抖。

這次懲罰之後，我必須承認，我不再抱怨我的左手了。我又可以恢復正常生活，一直到有一天，世界一夕間豬羊變色。我那時正在調查一件恐怖的犯罪：一個超市的女店員在前夜被勒死。這一無恥罪行的動機，甚至也不是要偷竊。在旁邊開得大大的收銀機，裝滿鈔票。我收集到幾個指紋，拍照下來，以便在實驗室裡做分析。但是當我發現，這竟然是我左手的指紋時，我真是驚訝得不能自已。

調查持續了很長一段時間。我很小心翼翼地在進行，因為我不想要束『手』就擒。但是我越深入調查，結論就越顯清晰：是我左手幹的。而且，隨著調查越推進，它也越來越大言不慚，簡直就沒把我放在眼裡。它一邊繞著手指，一邊在桌上敲著音樂，好像在告訴我：『這是你自找的，活該。』

但是，有一個問題我還是想不通：我的左手怎麼能在我不知不覺的情況下，把我整個身體拖到犯罪現場呢？

我質問目擊證人。他們承認前夜在附近看到我。我拄著一根手杖，我的左手就靠在上面。我身體這個可惡的分支，有可能趁我睡覺的時候，用一根手杖帶我走嗎？不可能！我的手腕不可能有力氣去扛不肯合作的八十五公斤重的肉，而且到目前為止，叛亂的範圍還沒有超出我手腕過。

我再度去詢問醫生，醫生跟我解釋，我得了一種很罕見的病。他希望把我介紹給他的同事，並且針對我的狀況寫一篇報告。我趕緊落跑，不管我的左手怎麼抓住大門想要拉住我。

回到家裡，我直接質問我的左手。每次它一給我亂答，我就用一根鐵尺打它的手指。當然，一開始，它還想抵抗，把它手邊的筆和橡皮擦統統丟到我的臉上。但是我把它綁在桌腳下，開始用電話簿打它，直到它答應要寫。在警察局裡，我們盡量避免體罰，但是，有時候還是得要讓嫌疑犯開口說話。

左手決定要配合。它用一支筆寫下：『是我殺了超市的店員。你不再關心我，這是我找到唯一可以引起你注意的方式。』

『但是，你是怎麼把我整個身體搬到犯罪現場的？』

它寫下：

『當我被關在石膏裡的時候，非常痛苦，但是，我有的是時間去思考、計畫。我是用催眠術。當你睡著的時候，我把你捏得半醒，然後我在你面前搖晃一個擺錘，迫使你服從我寫在筆記簿上的命令，連右手都幫我拿筆記簿。我要求「去超市」，你就去了。在那裡，只剩下一個店員正在結算當日的收入。她單獨一個人，一個絕妙的良機。我衝去，你跟了，我就掐下脖子。』

糟透了。我怎麼能跟我的上司這麼解釋？如果我說我的左手殺了人，因為它覺得被忽略，誰會相信我？

我猶豫半天：要不要懲罰我的左手？

要不要剪它的指甲剪到流血？

我直視它那五根手指。我的左手很好看。而且不管怎麼說，有一隻手真的很棒。可以捏，可以接，可以砍。每個指頭都是獨立的。指尖都有指甲可以搔癢，可以扯開有纖維的質材。多虧了我的手，我才能速打我的報告、玩上百種遊戲、洗澡、翻書、開車。我實在是太虧欠它們了。只有當我們失去了某個東西，我們才發現這東西是多麼地無可替代。我的手是多精巧的構造呀，沒有一種機器裝置能與它媲美。

我的兩隻手缺一不可，即使是叛逆的左手，也不能少。

我得到一個結論，最好是讓它變成我的朋友。這隻手畢竟幫過我非常多的忙，讓我非常珍惜。它想要獨立自主。好吧。這樣，我永遠都可以聽到不同的意見……而且這意見就在手邊。所以，我決定和我的左手簽訂合夥條約。

我的右手代表我，而我的左手代表它自己。在主條款上，我同意給我的左手一點零用錢，每個禮拜修一次指甲。反之，它同意要參與身體其他部分交付它的所有工作。譬如慢跑時，它要發揮平衡的作用；彈吉他時，它得輔佐右手的工作等等。同時，它享有所有因屬於我的身體而來的好處：溫度調節、血液循環，和其他器官連帶的痛苦警告系統、日常清理、適當的衣物保護、每天九個小時的休息。

我因此而獲得了一個有分量的夥伴，隨時在我身邊，為我效忠。而且還是它建議我離開警察局，自立門戶，開一家我自己的偵探社：『左手及波提何藍社』。

有些人說，在社裡，是我的左手在操控全局，但這都是善嫉妒的爛舌頭說出來的。或許是因為這些爛舌頭成天耗日地密閉在垢牙臭嘴裡，這樣你不得恐懼幽閉症才怪。它們一定寧可獨立出來，就像我的左手一樣。這也是情有可原。

預知未來方程式

昨天的電視新聞實在是太恐怖了。

害我整夜睡不好。

我驚醒好幾次，滿身大汗，渾身滾燙。

等我終於沉睡之後，我夢見一棵樹，它向天空快速伸展它的枝葉。它的樹幹變寬、扭曲、裂開，然後樹葉冒出來，成長、落下，新芽又取而代之。

走近樹，可以看到樹皮上有成千上萬的小黑點在鑽動著。

這些小黑點不是螞蟻，而是人類。如果靠近，可以看到小嬰兒，在爬行，然後站起來，變成小孩、大人，然後是老人。時間對他們也是在加速進行。

越來越多成串的黑點在這巨樹的樹皮上流動。隨著樹的伸展，黑點也再增加。大排長龍的人類在樹枝上穿梭不息。他們前進到有葉子的地方，就繞過去或試著爬上去。有時候葉子落下，所有人就跟著摔下去。

這一夜我夢到一棵樹，這給了我一個想法。

或許在歷史當中有循環的週期……

或許有些事件是可以預期的，只要我們去思考過去發生的事……

未來趨勢專家過去曾提出一些假設，他們注意到……

每十一年，就會發生一次全球規模的暴力（他們甚至認為這一現象和太陽表面的岩漿噴射有關）。

每十年股市行情要下跌一次。

每三年出生率會急速增加。

這當然沒有那麼簡單，但是為什麼不去預測一下未來……

或許藉著對過去的研究，就能因此而避免災禍……

或許藉著研究合乎邏輯或可能性的發展曲線，我們就能預測某些狀況……

專家們長期以來一直在討論地球人口持續成長的問題。每次他們都說情況不用擔心，因為我們可以生產越來越多的糧食。但是，我們現在知道，我們所生產的糧食，缺乏維他命及礦物質，因為肥料的過度使用，讓我們耗盡了我們的土地。土地有足夠的養分來供養每十年成長一倍的人口嗎？我們不會為了生存而開啟戰端嗎？

我能不能把這些因素套入方程式，去預測這些因素在未來所可能導致的變化？

這天早上，我想像來自各種專業領域的男男女女，社會學家、數學家、歷史學家、生物學家、哲學家、政治學家、科幻小說家、天文學家，一起聚在一個不受外界影響的地方。他們組成一個俱樂部：預言家俱樂部。

我想像這些專家在討論，試圖結合他們的知識和直覺，來建立一個樹狀分支圖，這樹狀圖涵蓋人類、星球、意識未來所有的可能性。

他們的意見或許會互相衝突，但是這一點也不要緊。他們甚至可能搞錯。不管誰對誰錯，他們只是在不具任何道德判斷之下，累積人類未來可能的情節發展。目的是要建立未來所有可能的劇情發展的一個資料庫。

在這棵樹的葉子上，填寫著一些假設：『如果世界大戰爆發』，或『如果氣象失調』，或『如果我們複製人類來製造免費的勞動力』，或『如果我們能在火星上建造一個城市』，或『如果我們發現一種能引起疾病的肉類，會感染給所有食用者』，或『如果我們能直接把電腦接上人腦』，或『如果沉到海裡的俄國核子潛艇，開始釋放出放射物質』。

但是有些葉子可以是比較良性的或比較日常生活的，像是『如果迷你裙恢復流行』，或『如果我們降低退休的年齡』，或『如果我們減少工時』，或『如果我們降低汽車排放標準』。

我們可以在這巨大的樹上看到，人類未來可能性的所有枝葉的發展。

我們也可以看到新的烏托邦的出現。

這些實習預言家的工作成果，將完整地呈現在這個圖示裡。當然，我們沒有野心大到要『預測未來』，只是想要指出事件的邏輯發展。

透過這個可能的未來之樹，我們可以找出我所謂的『最少暴力之途』。我們會發現，一個當時不受歡迎的決定，在中長期，卻可以避免很大的問題。

可能之樹也可以幫助政客更為務實，而不是一味討好選民。他們可以說：『可能之樹指出，如果我這麼做，會馬上有難以忍受的結果，但是我們可以避免某某危機；但是如果我什麼都不做，我們可能會招來某某災難。』

人民，其實也沒有我們想像中的那麼麻木不仁，他們終會理解，不再只是短視近利，而會顧慮到他的孩子、孫子、曾孫子的利益。

有些難以施行的環境保護措施，會變得更容易被人接受。

可能之樹不只是讓我們能發現最少暴力之途，而且還能讓我們和未來的世代締結一個政治約定，以便為他們留下一個能生存下去的地球。

可能之樹幫助我們做理性決定而不再是情緒決定。

可能之樹又大又深。如果我們要把它畫出來，這可能會是涵蓋非常廣的一個樹狀圖。

這也是為什麼這天早上，我想到要用一個能表現出所有分支的電腦程式。

我在想，可以利用一個近似電腦西洋棋的運算程式，來事先預測好幾個走法，及可能的答案。

只要在程式裡輸入一個因素，電腦就會計算它對所有其他因素的影響。『如果我們縮短工時』這片葉子，能如何直接或間接影響『如果第三次世界大戰爆發』，或『如果迷你裙恢復流行』這片葉子呢？

這天早上，我想像可能之樹是設在一個島上，在一個很大的建築物裡面，建築物中心是一台電腦，四周有會議室、討論室、休息室。專家們會很樂意來這裡用他們的知識來澆這棵樹。

我想像著，這些學者會多麼高興去減少未來的暴力，確保下一代的舒適。

這只是我想著想著，就蹦出來的一個想法。我想我今天晚上會睡得比較好，而且我會試著再找出別的想法。

大於10的死罪

1+1=2

2+2=4

到這裡，都沒有問題。

好，繼續。

4+4=8

8+8=16

然後

8+9=……

他揉了揉太陽穴。

『是多少啊？』那聲音問。

『這裡，你開始疑惑，是不是？8+9=？』

文森一副勉強的表情。怎麼算出8+9呢？這問題他可以靠一些直覺。從大數原則下手！已經跟他說過了。他應該記得。8+9=……

突然，靈光一現。

『17！』

最後一個問題了。

『答對了。8+9=17。』

在數字教堂大圓頂之下，『17』響了好幾次。

17。

一個奇怪的數字。不好分解，不具好感。但是，它是8+9的加總。

文森找到答案了。所以，他也是世界菁英的一份子。在他對面那聲音低沉的男子，坐在一張多面的王位上，叫做艾格凌・瑟德。他是數字行政寺院的院長。這可不是隨隨便便的無名小卒。他的頭銜可是所有修士士兵當中最高的，因為他是大主教男爵。

他傾身向前，抬起一隻手指。

『以後有一天，我會教你一件很駭人的事。』他說話的語氣，就像是答應要給糖吃的老祖父。

『還有什麼我該學的嗎？』文森問。

『我會教你9+9等於多少。這個你不知道，對不對？』

年輕的文森非常訝異。

『但是沒有人知道9+9等於多少！』

『當然，沒有多少人知道，但是，我知道。而且在這個星球上，大概有上百人知道。9+9等於一個數字。一個很特別的數字，一個很有趣的數字，肯定是很令人吃驚的。』

文森跪在他跟前。他很感動。

『大師，趕快教我這個大秘密吧！』

艾格凌・瑟德用腳推開他。

『有一天你會知道。現在還不是時候。你現在是哪一個等級？』

『我是教士騎士。』

『你幾歲了？』

『我人生已經過了一半。』

『而你會數到17。這很好。』

教士騎士低下了眼睛。他承認自己最近才知道17這個數目的存在。

大主教男爵向前傾身，一個不懷好意的微笑掛在嘴邊。

『你知道我能思考到什麼數目？』

文森盡全力回答。

『我無法想像您的智慧及學識。我只能猜想，一定有超過17的數目，而且您知道那些數目。』

『很正確。這些數目不多，但是的確存在。有一天你會認得它們！明天再來，我要交給你一個重大的任務。如果你能成功，我會告訴你9+9的總和是多少。』

太榮幸了！文往前跨了一步。一股無法抑扼的情感，讓教士騎士強忍一滴淚水。他的大師指示他可以起身離開了。

文森飛馳在馬上，一邊在想9+9會是多少。鐵定是個超級龐大的數目，或許還有令人意想不到的結果。他的馬鐙摩擦著戰馬的兩側。他帶有數字符號『1』的軍旗隨風格格作響。他覺得當修士及學者是件很幸福的事。

他是在很巧合的情況下發現17的。在一家小酒館裡發生了一場爭執。他拔劍制止正在打劫一個老人的一群盜匪。老人受了重傷。文森救不了他的命。老人的鮮血大量湧出，但是還意識清醒，向他道謝，並且透露『8+8=16』給他作為回報。老人並不知道文森是教士騎士。他等著文森親吻他的腳趾。十六之謎少有人知。然而文森解釋說，他學識已經很廣，早就知道了8+8=16。

這時，臨終的老人抓住他的手臂，在他耳邊低語：

『或許吧，可是你知道8+9等於多少嗎？』

8+9超出他所知的範圍。就在老人嚥下最後一口氣時，說出了：

『17！』

隔一個禮拜的時間，很幸運地，又有艾格淩・瑟德大主教男爵召見他，要告訴他9+9是多少！

又升了一級。

一直不斷地繼續往上升到更寬廣的意識。

才幾天的時間，就讓他理解到有些人一輩子都不可能觸碰到的東西。

他微微一笑。文森喜歡解謎。

他更快馬加鞭，回到他老婆絲婷身邊，她是新世代的知識份子，會算到12，他的小孩，勉強才會算到5，他自己的父母，從來都不曾超過10的上限。

他和老婆聊天，跟自己全心栽培的小孩玩耍，但是他和他的父母已經無話可說，因為他們侷限在10以下的思想，讓他們之間無法對話。如果他的父母知道11、12、13、14的存在，他們會震驚不已。

文森所生活的社會，一切都建基在數字上。他們不是依照主題或年代來學習各科目，而是透過數字來學，這是從幼稚園的時候就開始。

徹底認識一個數字，是一到好幾個學年的目標。老師用在這種對數字的觀念，來教地理、歷史、科學。總之，無所不包，甚至也包括宗教修行。

要掌握一個數字可不簡單。在文森還很小的時候，老師就開始教他數字1的力量。他從數字1來認識一切。

1代表我們所生活的宇宙。

一切都在宇宙當中，一切都是以1為單位。

一切從1開始。宇宙的誕生。

1也是大陸的一統和分裂。

1是一切的終結。死亡。最簡單的回歸到最簡單的。

1象徵了對人的孤立的認知。人總是孤孤單單的，一輩子總是『一個人』。

1體現了對『自我』的認知，每個人都是獨一無二的。

1也是認知到上帝是唯一的。一個一統所有的更高力量之存在。

1是最重要的數字，文森花了好幾年學習1的各個面向。然後他又學了2的概念。

2邏輯上是從1而來。

2是分裂。是互補。

2代表相對的性別，陰性陽性相輔相成。

2代表愛。

2代表自我和世界的距離。

2代表想要擁有異於己者的慾望。

2不再只有想到自己1。

2代表和他人的對立。

所以2也是戰爭。善與惡，黑與白，正題與反題。陰與陽。正面與反面。

2證明所有的東西都是可分裂的。好的東西藏著壞的副作用，而壞的東西藏著好的副作用。

2代表對立事物的激烈撞擊，導致……

3。幾年後，文森學到數字3的意義。

3一切可分為正題，反題及合題。

3是1和2結合所生的小孩。

3形成三角形。3是1對抗2的戰役當中的觀察者。

3是三度空間：立體面。因為有了這個數字，世界才有體積。

3導致及活化1和2之間的關係。在3這個數字上，向高處演化，但是必須要引導到一個方向。

再來是4，4拉長遊戲時間。

4平衡力量，彌補3的效果。

4是防禦工事，是方形建築，是方形城堡。

4代表一對小孩或一對朋友，加入另外一對。所有的社會生活只能從4開始運作。

4能啟動村莊，也就啟動社會生活。

4是四個方位基點。

4代表最簡單的糕點四合糕的做法（1/4雞蛋，1/4麵粉，1/4糖，1/4牛油）。

4是我們的四肢，讓我們能影響大自然。4是安全，所以會演化到……

5，是神聖的數字。

5代表蓋住四方形房屋的尖屋頂。

5代表五根手指頭結合在一起，形成拳頭，五根腳趾頭，穩固身體的直立性。

好好學生，也就是當時的修道士士兵文森，就是這麼被教大的。他一點一點地，年復一年地，透過數字的演化來學習世界的演化。他知道6的神奇。可以平衡建築，7的邪惡，支配著所有的傳奇故事。他發現了8的力量，完美的幾何數字。他喜歡9，孕育的數字。

通常，大部分上學的小孩只學到數到9，但是做為一個資優生的他，也學會了10，所以是跨越了數字的世界，進入數量的世界。文森因此而發現了可以從各方面來解讀的11，然後是12，審判的數字。他特別喜歡最後這一個數字，可以被1、2、3、4、6所除！他也學會13，惡之數，然後是14、15、16。更有那17，是在想要救酒館老人時學到的。

會算到那麼遠的數字，讓他在統治這個國家的教會組織裡提升到高層的位階。從此以後，他就是教士騎士，從十六歲開始，他就加入一個教他做多面間諜這一行的修道院。

他第二次屈身在艾格淩・瑟德大主教男爵面前時，大主教男爵似乎滿臉倦容，但老人家的目光卻仍炯炯有神，而且重新見到他的年輕戰士，讓他難掩興奮之情。他玩弄著一支長煙桿，一下點火一下熄火。

『我要交給你的任務很棘手。很多人為此喪命。但是你會數到17，所以你的聰明才智應該足以完成任務。』

『遵命。』

老僧侶帶文森到一個高起的地方，那裡可以環視整個仙客來及九重葛花園。

『發生了一件「意外」。有四個教士騎士叛變為異端份子。他們正在逃亡，但是有人發現他們在上千城。』

『教士騎士？哪一個程度的？』

『你想知道他們是不是會數到比你高的數字，對不對？答對了，他們擁有比你更多的知識，他們知道9+9等於多少。』

文森比較訝異的是，知道9+9等於多少的人，怎麼會選擇異端之途！

他說出他的這個想法。老智者按著他的肩膀。

『文森，知道太多的事情會讓人發瘋。這就是為什麼對數字的知識並不是平均地分配在每個人身上。這也是為什麼我們不教小孩超過10的數字。每個數字、每個數目，都有一個力量。就像能釋放閃電的能量體。所以要引導這個能量。否則，會自食其果，自取滅亡。』

『這我知道，大師。』

『數字越高，對操縱它的人來說也越危險。』

這番話讓文森陷入思考。的確，不是每個人都能瞭解數到超過10的好處。他自己的父母都想到11或12就很憂心忡忡。還好，他們不必負這個重任。但是他，文森，已經投身到數字知識的追尋當中。不久他就會知道9+9等於多少。

要更高、要更遠。他瞭解到，認識數字，然後是龐大的數字，讓他一天天更為陶醉其中，但是他還沒意識到這個知識的危險。

然而他想起了一件事。

他曾經看過人們因為亂搞15以下的數字而相互殘殺。

『這些異端僧侶也殺了人，必須要找回這些殺人犯。』大主教男爵說。

艾格凌瑟德讓他看這些教士騎士殺人犯的肖像。他們不像殺人犯，但是殺人犯該長什麼樣子呢？文森接著又看到他們的受害者。這些知道9+9等於多少的人，有可能會做出這種殘暴的事嗎？

『不要相信外表，殺了他們！千萬不要憐憫這些壞蛋，尤其是不要跟他們說話。』

幾個小時之後，文森穿上他的教士騎士服，帶著弓，騎著馬，往上千城的方向去。據說兇手在那裡出現過。

這趟旅行既漫長又累人。

他不得不換了好幾次的坐騎。

終於看到城市的高塔矗立在他面前。這就是上千城。

他一到達，就被捲入狂歡節的喧鬧裡。他當然知道，今天，到處都在慶祝乘法的發現，但是他沒想到氣氛會是如此地歡騰。

『3×2=6』很久以前就被發現了，但是人們至今仍繼續在慶祝這一事件。而乘法的節慶也叫做愛的節慶，因為透過男人和女人做愛，才能人口倍增。

在人群中間，文森突然看到一個面孔。這是其中一個教士騎士的臉，因為文森看過他們的肖像。事情進行得很順利。連找都不必找，就已經發現一個了。他舉起弓箭，毫不猶豫地射出一箭，箭擦過目標卻沒有射中。那人一溜煙地逃跑了。文森追上去。他又射了一箭，箭插在木製的面具上。

『兇手』利用這個空檔鑽入處女的遊行。遊行隊伍正往台子的方向移動，因為那裡有乘法皇后大賽。

文森無法在群眾裡瞄準，只好等著這愚蠢的大賽結束。

處女們一個接著一個被介紹到優雅的年輕男子面前。動作慢來不及挑選一個騎士的處女，只好將就一下那些還沒挑選伴侶的男子，撿人家不要的。

比賽一結束，文森就拉緊弓箭射出，這次，命中目標。箭正中那男人的背，貫穿他的胸膛。

文森成功了，他走近躺在地上的受害者。

死之前，那人作勢要他靠過來。他的嘴貼著他的耳朵，困難地說：

『數……數目更……數目更超過……』

那人忽然全身一揪，然後鬆手，在最終的一跳當中倒了下去。

文森取回他的箭，擦拭乾淨。看熱鬧的人開始聚集在他四周。但是當他們看到他教士騎士的標誌時，他們都退避三舍，以示尊敬。

屍體被抬走了。重新開始的節慶比剛才更為熱鬧。

文森檢查著肖像。

等其他三個到手，瑟德就會教他9+9等於多少。

這時，在遠處，出現另外一個他在找的面孔。這男子，一點也不在乎，愉快地向裝扮成鳥的女子們扔著彩紙。文森射出他的箭，但又再度失敗。跟上次一樣，男子逃之夭夭。

教士騎士趕緊追上，但是男子引他到一個死巷。

很有自信的文森向前走，準備完成自己的任務，但是他還沒裝上弓，就倒了下去，被一個躲在門廊下的傢伙打昏了。

等文森清醒過來的時候，已經被綁了起來，其他三個倖存的教士站在他的面前。

『他殺了老八，』其中一個說：『這人毫無憐憫心。』

『小心，』第二個人告訴第三個人說：『這人可能是兵器及肉搏戰的高手。』

第三個人搜索他道袍的口袋，搜出一些手寫的文件。

『他叫做文森，是教士騎士，第17等級。』

『大主教男爵派遣這麼有分量的人來，看來真的是要置我們於死地。』其他兩個說。

文森靠在一隻手肘上。

『我知道你們資歷比我深，』他很冷靜地說：『你們知道9+9等於多少。』

那三個人都大笑了起來。

『什麼事情讓你們這麼好笑？』

他們繼續放聲大笑。

『9+9。我們知道9+9是多少。哈哈哈！』

『這到底有什麼好笑的？』

其中一個兇手，個小而胖卻是一張娃娃臉，向他靠近，一邊笑著。

『我們知道的，比這還多得多！』

『你是說你知道10+9等於多少？』

最高大的那人捧腹大笑。

『當然，這就是為什麼艾格凌・瑟德要派你來殺我們。我們已經理解數字和數目的意義。』

『我們知道得太多，讓他很害怕。』

『你們是殺人犯，我知道你們殺了僧侶。』

他們突然靜了下來，充滿憐憫地望著他。

『這是大主教男爵給你的官方說法，為了說服你，讓你來追殺我們。』高個子的說：『事實上，我們沒有殺人。我們的罪銜比這還嚴重。我們對事物的瞭解太深了。』

他們自我介紹。個子矮胖的叫做老六，高高瘦瘦的叫做雙六，鬈髮的叫做老三。他們告訴文森他們事情的來龍去脈。

有一天，艾格凌・瑟德要他們去調查一隻動物。一組考古學家找到一件史前某個年代古老的東西，上面畫了一隻很奇怪的動物，長得很像羚羊。

老六從口袋裡拿出一個長木盒，打開。在裡面，有一個珠寶盒，盒內有一塊鐵，上面描繪著一隻動物的側面。牠的頭上有角，身上有四隻腳，和一條尾巴。

『我們花很長的時間研究這隻動物，我們找遍整個地球。艾格淩・瑟德認為這是一隻怪獸。』

『但是並非如此。』

『這其實是一個……』

『先不要告訴他。』老三制止他。

『如果我們不跟他解釋，他會繼續追殺我們。』

另外一個人只好屈服。

『這不是一隻怪獸的圖，而是超越我們當時所能知道的一個數目。』

文森本能地往後退了一步。

『不可能。』

『仔細看，教士騎士，兩個6構成牠頭上的角，兩個7則是前腳，肚子是由兩個0所組成的，後腳是兩個9，尾巴是一個6。』

文森的兩眼盯著這奇怪的圖畫。他只看到一隻羚羊，因為他的眼睛拒絕用其他方式看。當然，如果我們把羚羊的頭分開來看，可以勉強看出是數字6。總之，要把所有這些的數字一個緊接著一個放在一起，本來就是件無法想像的事。只有1可以放在另外一個數字旁，形成十幾。

他的視野變得模糊，而其他人繼續跟他解釋他們的考古發現。文森有氣無力地抵抗著。只要把每個部分分開，就可以看到真相，這只不過是一個接著一個的數字。

『看好，這裡有兩個6、兩個7、兩個0、兩個9，及一個6，就是如此！』

雙六用手指磨亮那塊鐵：

『不對，要從整體來理解這個圖。這隻動物是……一個「數目」！』

一個數目……

文森恢復自信。這些人是瘋子。

『一個超過兩位數的數目，是沒有意義的。超過十幾……』

那個高大的人堅持說：

『不是十幾，而是好幾千好幾萬。』

『我一點也聽不懂你們說的。』

『你會數到幾？』

『17。』

『好極了，你顯然不是一個傻瓜。所以你應該可以理解我們的發現。到目前為止，我們想像力的進展，受限於最前面的幾個數字。當人發現了15，他只能想像到15！然後人又往前進，發現了16，然後是17然後是……』

『你們會數到超過17的數字？』

『當然。』

『那麼，可否告訴我9+9是多少？』

『當然。』

這些不法之徒對他的無知感到很有趣。他們嘲笑著他。文森感到不快，因為這些僧侶發現一些他所不知道的東西。

他們讓這一懸疑持續了一會兒，然後宣布：

『9+9=……18。』

所以是18，1……8。18可以被9，6，3，2，18，1所除。多麼漂亮的一個數字！

這一發現讓他精神恍惚，這時，矮胖的傢伙又說了：

『這還不是全部的故事。我們還知道9+10是多少，甚至10+10，甚至10+11。』

這回，實在是太過分了。

『我不相信你們說的。超過十幾是不可能的事。』

『當然可能，有20。10×2=20。』

文森想要堵住耳朵。這實在是太過分了，太多的知識，一下子給人太多的知識。他開始暈頭轉向。

老三走近他。

『這就是我們所發現的，多虧了這隻既像羚羊又像山羊的動物，這隻其實只是一個數字的動物。一個巨大的知識大陸在我們面前展開，我們只走了一小段的路。』

『6677009 96是由知識淵博的人所畫出來的（或許是未來的人重回過去）。他們把這東西忘在路上。讓我們得以知道，未來的人會數到667700996！』

文森痛苦地叫了出來。他覺得他的腦袋裡有一道大門被打開，釋放出四分之三的可能性，而在這之前，這些都壓縮在他腦皮層某個陰暗的角落。

他哭了。其他人解開他的繩子，幫他站了起來。現在，他可以站穩了；他的頭也穩下了，他可以面對超過十幾的、無限廣泛的數字。

『667700996，當然……這不是一隻山羊，而是一個數目。』

文森走近窗子。他沉醉在知識當中。他剛才接受一擊，整個腦袋的一擊，一整頓的知識，而在這之前，知識都是一滴一滴的慢慢給。

他看著自己的袍子，標示著數字修道院的標誌。然後他透過窗戶望向一望無際的地平線，一個充滿數字沒有邊際的世界，然後天旋地轉、昏頭昏腦的感覺。

他精神的頂限該被往上提升了。原來，掛滿驚人文憑、嚇人頭銜的科學家，所給他如珠寶般珍貴的所有知識，也只不過是個牢籠。他每次都謙虛地感謝他們又放長一點他的狗鍊，但是狗鍊終究是狗鍊。

我們沒有狗鍊也可以生活。

我們不需要擁有科學專利才能有知識。只需要自由。自——由。

他在想，世上只有一種科學，那便是自由的科學，自我思考的自由，不需預設的模子、不需聖堂、不需大師、不需任何先決的東西。

17不代表在一個嚴格階層當中的一個貴族層級，17不是一個知識上的壯舉，17是他的牢籠。他過去以為是財富的東西，也不過是在數目字的無限疆域上，一點貧乏的初步訊息。他還以為自己已經認識了一塊大陸，其實才踏上岸邊而已。

文森盯著地平線，脫下他修道士的袍子。他不想再做僧侶士兵了。從今以後，他是一個思想自由的人，自由思考超過所有數字侷限的世界，他的思考可以走出他的腦袋，玩耍於數字的無限性。

其他三個人緊握他的手臂。

『文森兄弟，現在，我們知道內情的人，又是四個人了。而等數字僧侶們知道你任務失敗之後，一定會把你視為異端份子，並且會派新的殺手來追殺我們。』

文森再也沒有去看大主教男爵、他的家人或小孩。他碰到一位公主，叫四琳，他透露給她無限數目的秘密，他和她生了幾個小孩。他教所有人說：思考，正如數字，是不容許牢籠的存在。

文森因此成了異端份子的首領。

上千城起身反抗大主教，建立一個擁有自己價值觀的自主政府。他們的標誌，是帶有長角的羚羊頭。在這個微小的國度裡，他們教導超過20的數目。

結果：這個小國很快地就被其他國家所排擠。

一支大軍想要摧毀這個國家，但是人們團結一致，勇敢堅定的趕走敵軍。

大主教決定改變戰術。既然無法攻下城池，那就減低它的影響力。

首先，他否認它任何存在的合法性，一點一點地吞食它的領土。然後在它旁邊建立另外一個國家，高聲宣稱，數字10以後就沒有任何數字的存在。

再也沒有什麼好爭論的。

這支民族叫做十族。他們禁止任何人提到超過10的數字。

『10是最大的。沒有比它更大的。』這就是他們的口號。

上千城的思想散佈得很慢，因為荒蕪的心靈很封閉，所以十族獲得所有國際組織及所有採愚民政策者的支持。

或多或少在各地都有人看到那些知道11、12、13、14或15的人被暗殺。

文森發現，他努力想把層次提升，卻反而招來無知的狂熱。

十族不再隱藏他們的企圖。仗勢著一波波暴力，他們讓思考超過10的人都不敢開口講話或躲在某個角落裡。

上千國在這些不公不義及大屠殺之下仍支撐下去。它的人民繼續研究數字，發現新事物，像圓週率π或黃金數目ϕ的發現。他們瞭解到無理數的可能性，有一天甚至透過用0來除以某數而接觸到無限性。

與此同時，十族的恐怖政策更為擴張。越來越多人屈服於這一政策，恐懼比好奇心更有力量，而懦弱容易傳染。然後十族又變成錯誤資訊的製造大師。他們不只是暗殺人，而且把他們自己所做的壞事誣賴給上千人。沒有人敢忤逆他們。甚至在大主教區裡，再也沒有人敢提及超過10的數字：『人人平等，人人都在10的陰影之下。』城市的牆上這麼寫著。還有：『上千城異端份子去死。』

上千城被其他國家孤立，就像得了傳染病一樣，他們得的是知識病。

沒有人支持上千城，但是它存在著，有了它，數字知識的光芒會永遠閃爍著，就算是侷限在越來越少的人口當中。

一直到很久以後，文森已經是白髮老朽的時候，他才被一個狂熱的十族人在光天化日之下暗殺而死。

他倒下去的時候，最後的想法是：
『在提升人類精神的戰役當中，不只是要升高頂層，還要避免底層下陷。』

登陸太陽

『這根本就是不可能的事！我們不能去太陽探險！』美國國家航太總署秘書長放聲笑了出來。

實在是很荒唐的想法。竟然想去探索……太陽！

坐在他右邊的，是負責美國國家航太總署任務的官員，態度比較隨和。

『秘書長說得很有道理。去太陽旅行是不可能的事。只要一靠近太陽周圍，太空人就會被烤焦。』

『對地球人來說，沒有不可能這個字。』這個又矮又胖，叫做西蒙・卡茲的人反駁說。

然後，他的手在塞得滿滿的口袋當中摸索出幾粒鹹花生，就若無其事地啃起來了。

美國國家航太總署秘書長皺起眉頭來。

『卡茲教授，您的意思是說，您真的想要派遣太空人到太陽去探險？』

西蒙・卡茲仍無動於衷。然後，他回答說：

『總有一天得來這麼一趟旅行。況且，在我們頂上的天空當中，太陽是我們最容易看到的東西。』這個矮小的傢伙攤開一張地圖，上面畫著一條飛行的軌道。

『地球到太陽的距離，是一億五百萬公里。多虧我們新的核融反應器，我們兩個月的時間就可以到那裡。』

『問題不在距離，而是熱度。』

『太陽所釋放出的能量，是每秒鐘十的二十六次方卡洛里。只要裝上一層厚重的隔熱板，應該就可以擋住太陽的熱能。』

這下，看到有人竟然如此地堅持，那兩個官員似乎都頗為動容。

『我很納悶，您怎麼會冒出這種想法！』其中一個官員卻大力抨擊。『沒有一個人類會想要衝向一個大火爐去，太陽是不能參觀的！這麼顯而易見的事實，還需要我來大聲嚷嚷，實在很丟臉。過去沒有人這麼做過，以後也不會有人去做，這點我可以跟您拍胸脯保證。』

還一直在機械地嚼著花生的西蒙•卡茲，仍不為所動。

『我喜歡嘗試沒人試過的東西……就算我失敗了，我們的太陽之旅讓隨後的探險隊，也能獲得前所未有的資訊。』

秘書長一手拍在會議室桃花心木的桌子上。

『媽的，你不記得希臘神話伊卡洛斯的故事嗎？想靠近太陽的人，最後翅膀都會被燒掉了！』

西蒙・卡茲的臉終於閃亮起來。

『這主意太棒了！你替我們找到太空船的名字了。我們就取名叫伊卡洛斯。』

伊卡洛斯探險隊包括四個人。兩男兩女：西蒙・卡茲，經驗老到的戰鬥機駕駛員，擁有天文物理學的文憑；金髮高大的皮耶・波羅尼，岩漿物理生物學家；露西・雅佳曼，火箭試驗駕駛員以及潘美拉・渥特斯，太陽物理專家，太空人兼打雜。所有的人都是自願的。

美國國家航太總署最後終於讓步了。本行大老雖然覺得事不可為，但是把去太陽探險放在他們的研究當中，會讓他們的計畫看起來更『完整』。畢竟，他們都已經出錢派遣一艘探測器去搜尋不太可能存在的外星人，多一個少一個怪點子實在沒有太大的差別。

西蒙・卡茲和他的探險隊獲得必要的補助。剛開始，美國國家航太總署在媒體上乘機大肆宣揚。後來，裡面的負責人又擔心會成為笑柄。

讓人嘲笑美國國家航太總署，是該署最不願意碰到的事。所以他們一邊半推半就，最後還是一邊把計畫完成了。西蒙・卡茲堅持到底的決心，讓他克服了所有的障礙。

太空梭設計成一個巨大的冰箱，一層陶土密裹著電幫浦冷卻水管網路，外殼鋪滿石綿及反光質材。

長達兩百公尺的伊卡洛斯太空船，看起來就像是一個巨大的飛機火箭。

但是，人可以住的地方，只有五十平方公尺的駕駛艙：它這麼厚是因為有層抗熱保護系統。

太空船就在國際鎂光燈的焦點下出發。前十萬公里還算滿順利的。但是西蒙・卡茲發現，在駕駛艙內留一扇窗實在是一個壞主意，因為太陽光會把所有它所能觸及的東西都燒毀殆盡。

他們必須臨時拼湊出濾網，甚至要有好幾層，才能擋住這個炙熱的光源。沒有用。再多層的塑膠濾網，太陽光還是能穿透伊卡洛斯，讓裡面亮得睜不開眼睛。

四個隊員整天戴著太陽眼鏡。探險隊就像是在度假。為了讓氣氛更為輕鬆，西蒙甚至提議用棉質的夏威夷裝來取代厚重的工作服。他連細節都不放過，鎮日播放夏威夷音樂。

『沒有人度過比這更……充滿陽光的假期！』他調皮地說。

西蒙知道如何維持團隊士氣。

他們開始接近太陽。冷卻系統已經逼到了極限，但是伊卡洛斯火箭裡的溫度，還是不斷地在上升。

『根據我的計算，』潘美拉一邊說，一邊把防曬油拿給怕曬太陽的露西，『我們已經進入危險區。太陽只要一噴火，我們都會被烤焦。』

『當然這有點運氣運氣，』西蒙承認，『但是到目前為止，還從來沒有人比我們更靠近太陽。』

他們看著窗口。透過裝在窗前的層層濾網，可以看到太陽黑子。

『這些黑子是什麼？』生物學家問。

『「略微」較冷的區域。在那裡，氣溫是攝氏四千度，而不是別處的六千度。』

『已經夠火速烤熟一隻全雞了。』潘美拉嘆口氣，她突然變得很悲觀，雖然她曬黑的皮膚及花襯衫，讓人覺得像是個加州的觀光客。

『你們覺得我們真的可以再往前推進？』皮耶問。『我很懷疑。』

西蒙提起大家的精神。

『別擔心，我都事先想好了。我帶了火山專家專用的防護衣，能抵抗岩漿的熔解！』

『你要我們踏上太陽？』

『當然！不會太久的時間，但是必須要去做，就算只是象徵性的一下。伊卡洛斯計畫比想像中的還要有野心。』

露西要大家注意，目前太陽本身的電磁場過於強大，使得和地球的無線通訊受到干擾。

『好吧，』西蒙認命地說：『我們無法現場直播了。那就算了，我們回去再放錄影帶好了。只要錄影帶到時還沒有被熔解掉……』

他看著濾網封住的窗口。太陽表面正在噴火。就像火山岩漿的噴射，就像太陽射向他們的一口口痰。

光線是如此大量地照射著伊卡洛斯，讓它閃亮得像一顆星星。全世界的天文學家本來還以為在太陽的周圍新出現了一顆星星，後來才發現是伊卡洛斯。

在太空船上，溫度不斷上升。

剛開始，那四個太空船成員還堅持要穿衣服，但不久之後，他們再也無法忍受和任何布料的接觸。所以他們最後都一絲不掛，戴著太陽眼鏡，一副在蔚藍海岸的裸體營度假的樣子，而且曬得越來越黑。還好，潘美拉帶了一整箱的防曬油。

早上，大家都津津有味地吃著烤土司。然後中午吃烤肉串（只要把肉串在窗戶的金屬邊上觸碰一下，就烤熟了），烤蛋糕、烤布丁或燒可麗餅，及熱咖啡，看是什麼拿去碰窗子。製冰機則是調到最大的生產量。

皮耶要來好幾箱裝滿冰淇淋的冰櫃，冰淇淋也成為他們主要的食物來源。

露西絞盡腦汁要讓艙內涼快一點。她提供大家鹽分吸吮，避免脫水。

雖然他們熱得快受不了了，但是他們知道他們在創造一個歷史事件。而且正如西蒙所說的：

『有人要花大錢才能去蒸氣浴待幾個小時，我們卻可以天天享受。』

嘴唇還沒有太乾裂的人，聽了哈哈大笑。

拼貼出扇子是潘美拉的主意。只要溫度能稍稍降一點，就是一大福音。

但是越靠近太陽，越熱得吃不消，他們也話越說越少，越來越懶得動。

在地球上，他們的壯舉風靡全球。大家知道他們還活著。大家知道伊卡洛斯沒有熔化

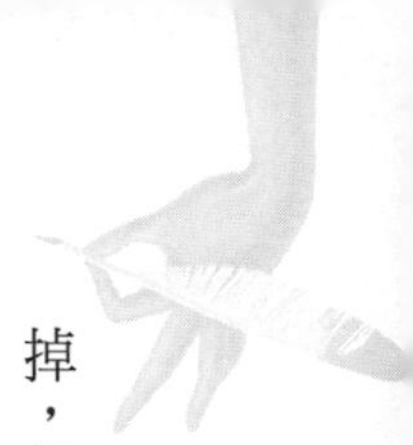

掉，船上組員甚至還野心勃勃，想要一腳登陸這顆火球。

當然，科學家已經說過了，太陽沒有表面，只有持續不斷的原子爆炸，但是，能看到人類走出火箭，用腳輕觸火焰的畫面，就足夠讓所有人嘆為觀止了。

太陽之旅過了二十三天了。西蒙自己都不敢相信，他們還活著！他們察看地圖。毫無疑問地，他們已經穿越五千萬公里的行程，只剩下小小的……一億公里路程要走。

他們沿著金星而行。這個愛的星球朦朧不清。雖然它很亮，但那層厚重的硫磺蒸氣遮住了它的表面。

他們離開了這個白皚皚的星球。在第四十六天的旅行，他們已經穿越了一億公里的路程，只剩下五千萬公里就到達太陽。

他們從水星旁邊經過，發現它的表面近似玻璃。火大概讓表面熔化了，所以看起來像是一顆磨光的撞球。

他們向這顆熱星球打了招呼。

『水星的溫度高達攝氏四百度以上。』皮耶說。

『如果下去水星，大概也會被烤得焦黑，就像太過靠近火焰而燒掉翅膀的飛蛾一樣。』西蒙提醒大家。

遠方的那顆巨星，仍不屑地看著他們。從現在開始，在他們和太陽之間，就沒有任何天體物了。太空船裡溫度已超過四十五度。冷卻系統越來越難運作，但是他們開始習慣這種極熱的狀況。他們的活力又恢復過來了。

還有一千多萬公里就到達目的地了。

皮耶的眼睛盯著窗口。

『我好想再次看到夜晚。』他喃喃地說：『萬一我還能回到地球，我真想重過這個巨燈熄滅的時刻。是的，熄燈的那一時刻。』

他一口吞下那杯燙嘴的咖啡。他的舌頭已經無法辨別冷與熱。

『我呢，我再也不想去沙灘曬太陽了。』越來越像混血兒的露西說。

『不過，我想曬成這個樣子，可能假期過完很久之後都還會是這麼黑。』皮膚又更黑的潘美拉笑著說。

『對了，出發前，妳的頭髮不是直的嗎？』露西問。

『是呀，怎麼了？』

『妳現在鬈得跟綿羊一樣。』

他們短短而神經質的笑了一笑。他們相互看了一下彼此，大家都曬得很黑，乾熱的空氣把整頭的頭髮都弄得很鬈，嘴唇因為過度擦傷而浮腫。什麼樣子嘛！西蒙欣賞著潘美拉線條優美的古銅色長腿，突然很想撲上去抱住。皮耶也被露西吸引。他們已經很久沒有肉體的接觸了。

當冰淇淋雪糕、製冰的水存量耗盡的時候，艙內士氣也跟著降下來。

到目前為止，他們的運氣還不錯，但是，情況似乎開始有轉變了。潘美拉用力一搧風，手裡拿著像扇子的東西馬上就燒了起來。露西驚恐地發現自己的指甲油著火，必須要把手指插入沙袋裡滅火。

他們離太陽只剩下幾千公里遠。

在太空船上，溫度持續上升。他們的太陽眼鏡在如此強烈的光線下變得無濟於事。

當他們來到太陽旁時，西蒙開了個玩笑說：

『你們會不會覺得今天好熱？』

他們笑得很開心。

西蒙決定他們登陸太陽的地方，將會是黑子區。皮耶穿上一件火山專家的防護衣，啟動手提式冷卻系統，然後，走出去，揮舞著一面地球人的旗子。大家都祝他順利。一條鋼鐵做的安全纜繩，讓他可以隨時回到太空船上。

在他們的對講機裡，他們說了歷史性的一段話：

『我是第一個踏上太陽的人，我要在這裡插上我星球的旗子。』

西蒙、露西，及潘美拉一邊鼓掌，一邊避免拍到手，怕摩擦生熱。

皮耶在太陽火盆上方放開旗子，旗子馬上就燒了起來。

西蒙問他：

『有看到什麼東西嗎？』

『嗯，嗯……真是不可思議，這裡有……居民！』

一陣嗶啪聲響。

『他們往我走過來……』

他們聽到很長的一聲嘆息。皮耶的身體剛著了火。在太空船裡，他們乾澀的鼓膜裡，只能聽到類似枯葉弄縐時的窸窸窣窣聲。

那件火山專家的防護衣，永遠也得不到美國國家航太總署認證的標誌了。他們拉回安全纜繩，繩子的另一頭已經熔化了。

露西劃十字：

『但願你的靈魂升向一個「黑暗而寒冷」的天空。』

在這一時刻，這一願望似乎遙不可及。

西蒙差點一拳打在伊卡洛斯的牆上，他趕緊收手，避免摩擦生熱。

『我要弄清楚是怎麼回事。』他說。

他走向擺衣服的櫃子，靠著指尖，換他穿上一件火山專家的防護衣。

『別出去。』潘美拉說。

『你也會死掉。』露西警告他。

『如果太陽真的有居民，怎麼稱呼他們呢？為什麼不叫他們太陽人！我們一直找不到火星人、金星人，而外星人就在那裡，在天空最熱的地方。太陽人！太陽人！』

西蒙跳進火裡。他看到一陣陣橘色的稠泥。這既不是瓦斯也不是液體，而是熱最純粹、最強烈的狀態。在這種溫度之下，連酷熱的太空艙，對他而言，似乎都是清涼可人的。

在衣服下的皮膚，開始發黃。他知道他只有幾分鐘的時間去找太陽的居民。他在安全纜繩允許的範圍之下，辛苦地前進。如果在三分鐘之內，什麼都沒有發生，他就回太空船。

不能像皮耶一樣被燒掉。西蒙一點也不想做烈士，他只想瘋狂地投入大膽的科學實驗。而一個死去的科學家，等於是一個失敗的科學家。

他恐懼地看著自己的錶。錶卻爆裂成碎片並熔化。

就在這個時候，他看到了『他們』。他們在那裡，像一個個不真實的漩渦。太陽人。他們看起來像是一團團會舞動的岩漿，像是一隻隻掛著橘色羽翼的大蝴蝶。他們可以靠心電感應來溝通。

他們和西蒙交談，但是時間沒有長到會讓他燒起來的程度。隨後，太陽航行員點點頭，就回去伊卡洛斯。

『太神奇了，』之後，他告訴潘美拉。『這些火生物活在太陽上已經有幾百萬年了。他們有他們的語言、他們的科學、他們自己的文明。他們浸泡在太陽的火熱當中卻怡然自得。』

『他們是誰？他們過著什麼樣的生活模式？』

西蒙模糊地打了個手勢。

『他們全都告訴我了，但是交換條件是不能透露給人類。太陽必須是「未知之地」，我們必須保護它不受地球人不斷的擴張所染指。』

『你在開玩笑？』

『絕對不是。我之所以回得來，就是因為我發了誓要把他們告訴我的事保密，我絕不會背棄誓言。』

西蒙透過窗戶的保護網凝視著強烈的光線。

『總之，用伊卡洛斯作為這次任務的名稱，實在是個愚蠢的想法。那隻浴火重生的鳥叫做什麼？』

『鳳凰。』潘美拉說。

『對了，鳳凰。鳳凰探險隊。我們應該取這個名字。』

脱離肉體的隱者

『人自出生，一切已盡在自身。你所學的，只不過是你知道的東西。』父親曾經跟他這麼解釋。

一切盡在自身。一切已經在自身了……

他過去一直以為，透過旅行及經驗的累積，才能認識世界。他是不斷地在重新發現已經知道的事物嗎？或一直就知道的事物？這個想法糾纏著他：一切已經在自身了……人學不到什麼，因為隱藏的真理會在自身中展現。所以，嬰兒已經是個智者？胎兒已經是學識淵博？

居斯塔・胡貝雷是一位名醫，已婚，育有兩名子女，鄰里敬重，但是，一切盡在己的這一想法，即使只是稍微輕觸，都足以令他終日不安。

他閉門苦思。滿腦盡是這一想法。

所以，一切已盡在己。一切，這麼說，活在這個世上，也不過是白忙一場？

想到白羅——克莉絲蒂偵探小說的那個主角，他也是足不出戶就破解懸案。所以，居斯塔・胡貝雷打算一段時間足不出戶。他的妻子，對其內在之旅，敬敬畏畏，送飯送菜，都是躡手躡腳的。

『老婆，』他說：『妳可知我日夜所思的是什麼？人生不過是白忙一場。人學不到什麼，人只不過是重新發現早已知道的東西罷了。』

她在他身邊坐下，細語輕聲：

『居斯塔，原諒我的不解，但我去學校上學，才得以學歷史、地理、數學，甚至體操。游泳課學了蛙式自由式。和你結婚後，學了夫妻生活。有小孩後，學了怎麼教養小孩。在還沒學習之前，我一無所知。』

他心不在焉地嚼了塊麵包，說：『妳確定嗎？妳不認為，事實上，靠著自省，所有這些知識就會水落石出，即使是足不出戶？我呢，這些天來，自閉在這房間裡，似乎讓我學到比環遊世界兩圈更多的事。』

她忍不住回說：

『如果你真的環遊世界，就會知道中國人是怎麼生活的。』

『我早就知道了呀。我透過自省知道了。我自問地球上各民族是如何生活，腦裡就瞬間出現一張張明信片般的生活影像。在我之前，成千上萬的隱者，早已完成同樣的精神之旅。』

法蕾麗・胡貝雷搖著棕色的秀髮。

『不對不對。足不出戶，目光如豆。人腦容不下廣闊的真實世界。你低估了外界的起伏變化。』

『不對不對，是妳低估了人腦的力量。』

法蕾麗不想爭論。這是自明之理。她的丈夫呢，不再看診，不再有任何社交活動，甚至是自己的小孩也不理。只有妻子可以見到他，而且不能帶來任何足以打擾他心思的外界所聞。

她日復一日，為他送飯送菜，服侍他、支持他。她雖不認同，卻也不想打擾他的清靜。

丈夫變得很瘦。

人只要還依賴食物與睡眠，就無法自由，他這麼想。必須脫離對食物與睡眠的依賴才行。

於是，他開始在黑板上畫各式各樣的草圖。然後，開始訂購各種電子儀器。居斯塔把他以前的同事都找來，大家一起進行大量的運算及調整。
居斯塔・胡貝雷向他的妻子解釋他想要做的實驗：
『問題在於身體。我們被血肉骨頭所包圍填滿，這些東西需要維護，會老舊、會帶來痛苦。必須要保護身體，為它取暖、滋養、照顧，身體需要吃和睡來維持血液的循環，但是腦袋就沒有那麼多的需要。』
她不敢聽下去。
『……人腦的活動，在管理生體機能上浪費了許多。身體的維持和保護，耗費了我們的精力。』
『可是我們的五官……』
『我們的五官混淆了我們，五官給我們的訊號被我們扭曲了。我們汲汲於詮釋世界，因而只能活在幻想之中，身體拖累了思想。』
他把杯子打翻，讓水流到地毯上。
『這裡有容器和內容物。』他指著說：『有精神和肉體。但是，水沒有杯子能繼續存在，而沒有了肉體，精神就能自由了。』
有那麼片刻，法蕾麗在想她的丈夫是不是瘋了。

好了。』

『是沒錯，但是脫離身體，不就是死亡嗎？』她反駁，心慌意亂。

『也不見得，我們可以在維持精神狀態之下脫離肉體，只要把大腦保存在維生液裡就好了。』

她突然瞭解那些堆滿桌子的草圖是要幹什麼了。

手術在某個星期四進行。在他的妻子、兩個小孩及幾個瞭解內情的科學家面前，居斯塔回歸自我。為了要成為一個絕對的隱者，他決定進行全世界最徹底的切除手術，即切除整個身體的手術。

他的同事小心翼翼地打開他的頭顱，就像打開敞篷車蓋那般。他們把頭蓋如暫時無用的蓋子般保存在鋁槽內。裡面就躺著思想的器官，粉紅色的，著實令人心驚膽戰，八成還沉浸在麻醉所造成的假夢當中。

外科醫生一根一根截斷大腦的對外連結。他們先切斷視覺神經、聽覺神經，然後是輸送血液給大腦的頸動脈。最後，他們戰戰兢兢地從脊椎骨裡面取出脊髓。然後他們才把大腦本身拿出來，快速放入一個裝滿透明物質的罐子裡。因此，頸動脈可以直接在這個維生池裡吸取糖分和氧氣。聽覺神經和視覺神經被套上套子。外科醫生設置了一個可以控制溫度的取暖系統，讓大腦和它的維生池可以維持在恆溫之下。但是，身體要怎麼處理呢？

居斯塔・胡貝雷生前已經都計畫好了。

在實驗前所草擬的遺囑當中，他已經明確地說過，他的身體不應該埋在家族墓穴裡。既然科學幫助他從身體的重負當中解放出來，他也要用好幾公斤的內臟、肌肉、軟骨、骨架、血液，各種流液來回報——就讓研究者全權決定如何善加利用這些東西。

『爸爸死了嗎？』他的兒子問。

『沒有。他還活著。他只是……改頭換面。』心緒不寧的媽媽回答說。

他的小女兒感到一陣噁心。

『妳是說，現在的爸爸，就是這個東西？』

她用手指著泡在營養液裡的大腦。

『對。你們再也不能和他說話、聽他說話，但是他會常常想到你們。至少我是這麼認為。』

法蕾麗・胡貝雷頓時意識到事情的嚴重性。她的小孩將在沒有父親的情況下長大。她將在沒有丈夫的情況下孤老一生。

『媽，我們要怎麼處理它呢？』小女孩一邊指著漂浮著一團粉紅色膠狀物質的罐子，一邊問。

『我們把爸爸放在客廳，這樣就可以天天看到他。』

剛開始，罐子還盛重地擺在客廳的中央，像水族箱一樣地打起燈來。大家敬重他一如往昔：他仍是家裡最受重視的一員。

孩子們有時會對著懸浮在液體當中的那顆粉紅植物講話。

『爸爸，你知道嗎？我今大在學校的成績很好。我不知道你聽得到聽不到我說的話，但是我相信你一定會很高興，對不對？』

法蕾麗絕望地看著她的小孩和罐子說話。她有時竟然也會和大腦說話，尤其是去問如何養家活口的問題。居斯塔（過去）是如此精於此道，她在想，最後會不會從罐子裡冒出一個答案出來。

至於胡貝雷醫生，在沒有任何感官刺激的寧靜之中，他開始朝向其他地方發展。他既不睡覺也不做夢，他在思考。剛開始，他當然也會懷疑自己是不是做對了選擇。他想念他的家人、他的朋友、他的病人，責怪自己拋棄了他們。但是，很快地，做為先驅者的那一邊又佔了上風，他所進行的是獨一無二的實驗。之前，有多少隱者企望達到如此的安詳寧靜。就算有人殺了他，他也不會痛苦。應該不會。

在他面前展現著他那浩瀚的知識，甚至是所有的知識。他可以縱覽他內在世界的無邊無際，人所能想像最瘋狂的旅行，最深度的全神貫注。

年復一年。法蕾麗人老珠黃，但是她丈夫的粉紅腦袋卻連半點皺紋也沒有。孩子長大了，罐子也漸漸地走出他們的生命。當一張新的沙發椅搬進來時，大家就隨便把居斯塔挪到客廳的一個角落，電視機的旁邊。再也沒有人會和他說話。

二十年之後，才有人想到要在他們的父親旁邊擺一個水族箱。剛開始，或許會覺得有點駭人，但是老實說，二十年之後，誰都會忍不住把裝在透明罐子裡的腦袋當作是一件普通家具。

擺了水族箱之後，又在居斯塔四周放置盆栽，然後是非洲雕像，然後是鹵素燈。

法蕾麗過世了，他們的兒子法西，一怒之下，想要打破罐子裡如此無動於衷的腦袋。居斯塔再也無從得知這世界到底發生了什麼事。他的妻子死了，他或許也毫不在乎。在這小團肉裡，還有任何的感覺嗎？

法西正在水槽上面揮舞著罐子的時候，他的妹妹卡拉及時制止。而這一氣，卻造成一個後果：居斯塔從客廳被搬到廚房。

年復一年……

卡拉和法西也過世了。死前，法西告訴他的兒子：『看到這罐子裡的腦袋嗎？這是你的祖父，他在裡面思考了八十年。你必須要幫助他維持溫度，並且定時換維生液。總之，他只需要一點點糖就能運作，一公升的葡萄糖就夠他活六個月。』

居斯塔繼續思考。他花了好幾十年才理解了許多秘密。腦袋取出來之後，他不只是可以全心靜思，而且還可以延年益壽。開始的時候有點困難，但是沉思的效果卻是成指數上升。他發現越多的解決方式，也越快找到答案。這些交錯的答案，又開啟新的提問方式、新的解決方式。他的思想像樹般的開展，越來越精細複雜，彼此交錯之後，又產生新的分枝。

當然，他有時候也會很懷念奶油蛋糕的滋味、他的妻子法蕾麗、他的小孩、某些電視連續劇、雲滿天空的景致，或星光閃爍的夜晚。他也很想幾天幾夜做著電影奇幻片的夢。他也很懷念某些感覺：愉悅、冷熱，甚至痛苦。

老實說，沒有了感官刺激，生活比較溫和，但也比較無聊。但是他並不後悔他所做的實驗，即便代價是如此地沉重。他理解了生命的意義，世界的運行之道。居斯塔知道如何在自己身上發掘驚人的力量。探索腦子裡一般人想都沒想到的區域時，他發現了二十五層有意識的想像，每一層包含上百個超複雜的幻想。他瞥見了革命性的概念。太可惜了，他無法溝

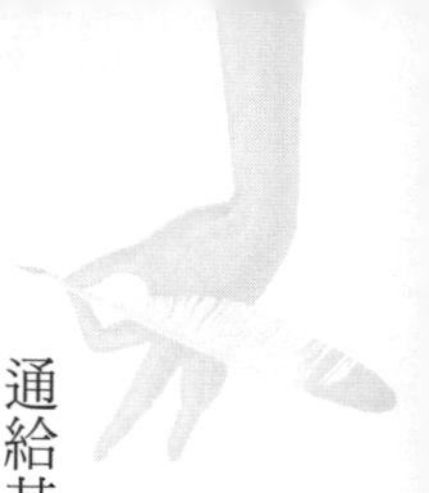

通給其他人知道！在這二十五層的有意識想像之下，他發現九千八百七十二層的無意識想像。他甚至發現自己真的很喜歡管風琴音樂，這種音樂包含了最廣的音域。可惜的是，他再也沒有耳朵去聆聽這種樂器！

法西的孫子過世，死前也交代他自己的兒子說：

『看到廚房櫃子上面的那個罐子嗎？這是你曾祖父的腦子。定時換一換他的維生液，不要讓他吹風。』

居斯塔繼續思考，探索他的精神世界。從這時開始，這不再是想像，也不是記憶，而是另一種東西。他稱之為：『滲透』，這是一種人還不曾運用過的思考方式，可以讓他從一些很簡單的概念去『滲透』思考。

滲透思考讓精神力出神入化，開啟更新的想像潛力。這些潛力是在無意識的區域裡，即滲透區。

『媽，上面那個罐子裡面，裝什麼肉啊？』

『比利，不可以去碰他。』

『是魚肉嗎？』

『不是，這更複雜，這是你的祖先。他還活著，但是只剩下腦袋。家人保留下來作紀念。只要維持一定的溫度，餵葡萄糖給他，就可以了。』

兩天之後，比利帶一些朋友回家。每個人都對罐子驚訝不已。

『哇塞……可不可以拿下來看？』

『不可以，我媽說不可以碰。』

在滲透思考之下，居斯塔已經達到一個更令人神往的想像區域，從那裡可以產生最瘋狂的夢，及精神錯亂。這一區，他把它叫做『妄想』區，包含了一萬八千層的理解力及創新力，完全超現實的想法席捲其中。居斯塔很高興，在他自己的精神狀態之中，他不再感到無聊。

突然，他覺得一陣刺癢。

『不可以，別倒了！』比利大叫。『你再倒番茄醬下去，今天晚上就沒有番茄醬可用了。』

居斯塔的大腦感覺到有什麼新東西在他的維生液裡。這東西造成令人訝異的幻想。暴風雨變成光震。他用十分鐘的時間觀摩了一萬八千層的妄想區。

孩子們發現腦袋輕輕一顫。

『他還活著。這個紅色的怪東西。你的祖先大概還滿喜歡番茄醬！倒一點醋看看？』

閃光乍現。這個調味料對他的效果更強，非常強。恐怖之極的事件撼動了他的內在世界：黑色的龍捲風，在海藍色岩石中，橘色螢光液體的爆炸，一波又一波熱騰騰的血流，一張張滑稽的臉，頭變成侏儒海馬的蝙蝠……

居斯塔的精神神遊到超越任何吸毒幻想所能企及之處。草地上的草，變成無數細小的銳劍，他也很高興不再擁有雙腳，在夢裡更是如此。他那遨翔的大腦，只是略微被草尖劃到。他掀起像塊地毯的草皮，發現在妄想區之下，一個新的世界：『昇華』區。一個完整的世界，隱藏了星星、星球、行星，一切都在他的腦袋中，就在他的夢想之下。在他這個驚人的腦袋深層，應該有上百萬的星星。

當比利的母親回到家，她看到這古怪的一景：孩子們在祖先的腦袋上，倒滿鮮奶油、乾果，他們還繼續倒下手邊所能拿到的任何東西。

『還要不要再加一點果醬，腦袋先生？』

比利的母親趕走孩子們，忍住她的作嘔，以為用水龍頭的水洗一洗她祖先的腦袋就沒事了，然後又放回一個乾淨的水族箱裡面。

都市的水，並非鹹水，會破壞成千上萬的腦細胞。的確，水龍頭的水比番茄醬更糟。

還沉浸在鮮奶油及番茄醬的居斯塔，快速歷經這些無法描述的精神世界。愛因斯坦說過人只用到他百分之十的腦。他錯了。居斯塔正在證明人只用到百萬分之一的腦。

不管禁令不禁令，比利的同學從此對這罐子及裡面的怪東西更感興趣。比利決定要組織付費的參觀團來賺點零用錢。

『這是什麼東西？』

『我的祖先。』

『一顆腦袋？』

『對呀，他在身體裡面活膩了。』

『他瘋了！』

『他不是瘋了，我媽說他還活著。』

一個不耐煩的小男孩一手伸進維生液裡，把整個大腦拿出來。

『小心！別碰他！』比利大叫。

男孩嚇一大跳，腦袋掉在地板磁磚上。

『把我的祖先放回他的維生液裡！』

但是其他的小孩已經開始丟橄欖球般地把腦袋丟來丟去，玩得不亦樂乎。

『把我的祖先還給我！』比利抗議說。

腦袋從沾滿墨水的手，傳球傳到塗滿果醬的手。最後，一個小男孩投籃進分，把腦袋丟進垃圾桶裡。比利不敢拿出來。他寧可告訴母親，腦袋被一個小孩偷走了。

比利的父親下樓把垃圾倒在房子前面的桶子裡。

沒有了維生液，居斯塔日漸衰亡。他不知道發生了什麼事。

有隻流浪狗來讓他解脫。

這隻狗不知道這塊肉其實是居斯塔•胡貝雷，全世界最古老、最絕對的隱者，牠竟然就這麼把他給一口吃掉了。

因此結束了一個思想深不可測的人，一個追尋自我，自我追尋的人。

居斯塔來到盡頭。在這趟思考之旅的終點，他只看到了一個深淵，讓他頭暈目眩。

於是，他發現死亡是真正扣人心弦的最後一次冒險，便也安詳平和地接受它。

用完餐，那隻狗輕輕地打了一個飽嗝。整個居斯塔•胡貝雷的思想所剩下來的，也稀釋在晚風當中。

足球殺場

在二〇二二年的世界盃足球賽之後，足球風靡全世界，成為解決國際爭端最好的方式。有了足球，最窮、最小、最不為人知的國家，都可以一舉躍升為舉足輕重之輩。

在這個球場上，我們可以進行一個半小時的模擬戰，而不需要訴諸武器。緬甸人可以打敗西班牙人，盧安達人可以痛宰美國人，芬蘭人可以制伏巴西人……足球讓人得以在世人面前光宗耀祖，不管語言、宗教、文化或財富是如何懸殊。

很快地，只要是全球性的比賽，保證會有超高收視率。據估計，上一場比賽動員了二十億的觀眾。世界總人口的三分之一。二十億人，在同一秒鐘裡，一起痛恨一個攔截對方的球員，一起期待或害怕罰球進分。在球賽進行時，二十億人一起忘卻他們日常生活中的煩惱。

隨著這現象持續發展，我們可以觀察到一項重要的轉變：足球的效果開始多元化。足球不單單只是一場遊戲，而且還是受苦受難者的鎮痛劑。在還來不及行諸筆墨的時間內，大家就已全球一心地跟隨著那顆球的飛行方向而忽上忽下。

幾場球賽之後，遊戲規則開始顯得過於簡單，尤其是在極度興奮的球迷眼中。二十二名球員，一百公尺長五十公尺寬的彈丸之地……實在是太沒看頭了。再加上二〇二二年那場著名的義大利對巴西的決賽，沒有一隊有進分，最後是以射門來結束球賽。太令人失望了。所以，也該增加一點難度。首先，有人想到要讓場地大小及球員人數增加一倍，這就提高了複雜度。二十二人對抗二十二人，十人或十二人所形成的小組，可以同時攻打十四或十五個球員所形成的防禦。

然後，我們又改變了場地的地形：增加了小土堆，水池，沙坑……這樣一來，攻擊者可以隨心所欲地躲在高低起伏的地形後面，而防衛者得仔細搜索附近的區域。有時候球會掉進水池或水溝當中，天不怕地不怕的球員就會衝進去搶球。或是掉到沙坑裡去……球員弄出球時，飛沙走石，一點也不遜於高爾夫球賽。這可是攝影記者搶拍的大好時機。最後，每個球員都配帶有一支手機：隨著他的進展，可以告知他的隊友及隊長他所在的位置，隊長馬上據此下達指令。照此發展下去，新的策略也越來越複雜，可以媲美三度空間的棋賽。

也因此有新的觀眾為足球而瘋狂。

二〇二六年的世界盃收視率已經超過二十億觀眾而達到三十億的數目。這是全球人口的一半。我們可以發現，在球賽進行的期間，衝突大為降低，似乎觀看球員在草坪上相互挑戰，就足以讓人不再想要在不被世界足球聯盟認可的場地上相互廝殺。從此，球場越來越多，也越來越大。再嚴重的衝突，都可以透過一場足球賽而得到解決，而且精采度，不下於黃帝蚩尤的逐鹿之戰。只要派上二十二個選手就能解決難題時，為什麼還需要折磨上萬人呢？有些國家甚至選擇領土或礦區的佔有，作為球賽的籌碼。

足球選手變成至高無上的英雄，他們不但名利雙收，而且青少年的房間都貼著他們的海報。他們成為最美艷動人的女人所覬覦的對象，連電視電影明星也相形失色。

如此情況，當然要乘勝追擊，蓋更多新的球場，而且越蓋越大、越蓋越複雜。球員人數再度增加，四十四人對四十四人。每個球隊除了隊長之外，現在又添加了兩個副隊長、三個指揮官、六個下級教官。草地上也不再是小土堆，而是小山丘。縱貫場地的水池及水溝，也被大湖、河流及冰冷的湍流所取代。我們還加上了沼澤、流沙，及密佈的叢林。有些球員甚至佩戴背包式的噴氣發射機，讓他們可以升上空。中鋒穿的是偽裝的衣服，以便出其不意地出現在對手面前。

唯一一個不變的規則：絕對禁止用手接觸。在水裡、泥巴裡、天空中、叢林裡，球員使盡渾身解數，避免犯下這個無可彌補的錯。

幾場球打下來，最優秀的電影導演開始取代電視導播。他們盡情享受新的拍攝角度所帶來的驚喜，製作不可思議的影像，嘆為觀止的特效。帶有超強攝遠鏡頭的攝影機，讓電視觀眾可以看到球員額頭上因焦慮或出力而冒出的汗珠。

而足球教練也被出身軍事名校的策略專家所取代。每場球賽之前，十到十二人的參謀部開會研擬新的戰術，發明新的傳球技術，讓對手應接不暇。

球賽時間也延長了。一場六個小時的球賽，可以發展出複雜的伎倆及迷人的攻術。同時，球員必須要努力練肌肉；他們的飲食每一卡路里都算得很精準，他們的訓練，不輸最優秀的運動選手。

場地球員都擴增之後，有人想到要讓女生加入，讓球賽得以『煥然一新』。其實，目的主要是要讓電視影像更為趣味多元。這些女球員有的是健美皇后。其中像殺手百合，就是很優秀的運球員，比大部分的男選手強多了。藉著背包式的噴射器，殺手百合可以一邊做出危險驚人的飛躍，一邊對準約瑟芬的球門，約瑟芬是保加利亞的守門員，前溜冰冠軍選手（雖然這和足球沒有什麼關係），是她第一個想到要用雷達來找出球的位置，尤其是當球被偽裝的中鋒小組藏起來的時候。

所以一切再順利不過，觀眾也都很滿意。

隨著時間的進展，足球也成倍數在發展。直到二〇三〇年三月，這個舉世皆知的早晨，有兩個出乎意料之外的國家，踢進世界盃決賽：紐西蘭及泰國。

這一天，足球的複雜度已經達到了極點。球場是一個五十平方公里的火山島。球員人數高達三百二十一人，男女都有。至於一場球賽的長度，已經是一整天的時間，從早上八點開始，晚上八點結束。

大家可以不計手段。因此，球門的位置是由各隊決定。泰國這邊，選擇一個隱藏在井底的一個空間，唯一的入口，要從一個盤據在一百三十公尺高的城堡中心進去。紐西蘭這邊，球門是設在一個海底洞穴裡，必須要經由一個水道閉氣進去。不再需要用腳踢進球，只要把球傳進去，不用手碰球，就可以了。

足球裡裝了許多超小的攝影機，只有持球的球員，及電視觀眾知道球在哪裡。整場球賽是由其他上百台分佈全島的攝影機轉播，這些攝影機裝在上百架的遙控飛船裡，從天空拍攝畫面。

泰國隊的隊長叫做阿賀班。一個矮小、狡猾、快速又殘忍的人。

紐西蘭隊的隊長，是一個超年輕的女孩，琳達・佛克斯碧，前大洋洲小姐，前間諜，而且是夏威夷雜誌的超級名模。

二〇三〇年這場世界盃足球賽，從各個角度來看，都是史無前例的。首先，這是第一次允許球員相互攻擊，甚至相互殘殺，一切視球賽發展情況而定。然後，比賽的那一天，被定為全球性的國定假日。最後，無數的贊助廠商投資在比賽場地本身。沒有一棵樹、一隻鳥、一隻老鼠逃得過：每片葉子、羽毛，都帶有香菸、汽水或化妝品的廠牌標誌。

能進入決賽，是因為紐西蘭隊已經打敗了印尼隊（一比零，二十四人死亡，五十八人受傷）、匈牙利隊（二比一，八死十一傷）、克羅埃西亞隊、肯亞隊、希臘隊、利比亞隊和秘魯隊。泰國隊這邊，已經擊垮了美國隊（四比二，三十五死，十二傷）、日本隊、俄國隊、摩納哥隊（非常激烈的一戰，雖然只有一比零，但卻造成六十七人死亡，沒有受傷的人）。此外還有許許多多小國未能晉級，卻或多或少都有傷亡。

這場決賽，兩邊可以各選一個城市作為基地首都。城市中心，有一個中立之地，讓間諜可以自由行事。

裁判的哨子一吹響，行動就開始了。

藏在火車站寄物處的球，馬上就被紐西蘭隊的中鋒中衛比利・馬克斯文發現了。他馬上把球傳給偽裝成警員的邊鋒中衛詹姆士・桑木，但是他被矮小的泰國中衛、背號一六四的達為耐的一支毒箭射下，這支毒箭是從一個帶有電動送風裝置的吹管射出的。達為耐搶到球以後，把球放到他的越野車裡，就衝向市中心中立區的披薩店。

到了那裡，達為耐想要傳球給隊長阿賀班，但是球又被紐西蘭隊的寇德衛納攔截下來，寇德衛納過去是以扒手而聞名的。到目前為止，空中遙控攝影機還能輕而易舉地跟蹤比賽。可惜呀！情勢突然急轉直下，泰國隊隊長發現，不但他隊友的傳球失敗，而且球也不見了，不翼而飛了！他的雷達傳不出任何影像，顯然球是掉到一個陰暗的地方，或很深的洞裡。球隊只好動用一個真皮和金屬材質的探測器來找球……球其實是藏在晚上七點零五分的火車裡，正以每小時一百二十公里的速度衝向泰國隊的球門。

泰國隊用手機通知右翼的隊友，右翼全軍駕馬揮刀，向車廂進攻。但是紐西蘭隊早已有備而來，他們在車廂頂設置了一排機關槍及彈頭帶有射線探測器的迷你導彈發射器。

鐵路成為伏擊最佳的戰場。馳騁好手的泰國殺手，利用煙幕掩護，鑽入車廂裡。其中一個泰國球員，發現一個歸順紐西蘭的長老教會牧師，把球藏在他的牧師袍裡，球員不但把球奪過來，還把這個神職人員一刀劈為兩半。

這時，裁判吹哨罰球，原因是有人犯規。原來，泰國隊用皮質金屬探測器也找不到球的時候，只好看電視，或靠友人從外面傳遞消息，這是完全禁止的事。罰球是交給另一個紐西蘭裔神職人員，他把球帶到泰國城堡。

替代的神職人員沒有比他的前輩更幸運：泰國球員把他砍得碎爛，丟在剛好經過的另一輛火車上。

可惜呀！他們才剛把球帶走，一個穿短褲、甚至沒帶武器的紐西蘭球員就把他們的球搶走，然後運球，向他們的陣營前進！

這支亞洲隊扼腕不已。那人是怎麼通過層層障礙的？

一個削尖的竹子做成的孟加拉虎陷阱才把那人攔下，球馬上又被另外一個紐西蘭球員拿走，他是偽裝成岩石，然後靠著一輛反方向的火車而往回走。

這時，泰國的防衛突然驚慌失措起來。他們派遣了一對駕駛滑翔機的女隊員去轟炸火車。如果沒有麥克・莫哈娣意外的介入，行動可能早就得逞了。莫哈娣神乎其技地控球離開車廂，她靠著幾枚恰到好處的吻，把泰國城堡入口的守門員，耍得團團轉。

幹得好！邊鋒莫哈娣就這樣進入了城堡！泰國隊隊長阿賀班氣都快氣死了。他派人綁架莫哈娣，要她交出球來，否則就要把她從城堡最高的塔樓上，推到一個鱷魚池裡。阿賀班真不愧是現代足球最殘忍的隊長。莫哈娣難以替代，紐西蘭隊只好讓步。

所以球又回到泰國隊的腳下，他們利用一個氣動投射器，把球送得遠遠的。

這時，球賽的節奏加快。

球被一個射向泰國城堡的空對空導彈從空中攔截下來：邊鋒莫哈娣一接到球，經過護城河及洗衣處，而終於成功地潛入城堡的大廳。在那裡，一個年輕侍者被手腕靈巧的邊鋒勾引，經過一場養眼的火辣場面（年輕觀眾看得目瞪口呆），女邊鋒順利來到泰國隊的秘密球門。整個泰國嘩然不已。可憐的侍者被噓聲淹沒（球賽結束後，他可能會被外放到紐西蘭，那是他和家人唯一可去之處）。

阿賀班發現得太晚了，他想要捉回這個女間諜。這時，一個埋伏的裁判卻吹哨罰角球，要雙方一起吃晚餐。

莫哈娣想要在阿賀班的杯子裡下安眠藥，然後乘機運球運出去。但是狡猾的阿賀班把杯子掉包。女邊鋒在疑惑中，也不敢喝。

開胃菜上來了。裁判要他們兩個球員吃端上來的菜，否則就要被判出局。莫哈娣決定這時下手。她從手提包裡抓出一隻訓練過的天竺鼠，牠的牙上有塗安眠藥。但是天竺鼠也因此昏睡了，裁判吹犯規，因為用訓練過的動物是不可以的。阿賀班大喜，右腳一腳弄走球，左手一手抓起一支雙刃的戟。女邊鋒即時拿出她的雙截棍。一場恐怖的決鬥就此展開。雙截棍對抗雙刃戟，情況對女邊鋒不利……這時，氣喘吁吁、蓬頭散髮的琳達•佛克斯碧，和每個泰國隊守衛做愛做得精疲力盡之後，跑來援助女邊鋒。二對一，似乎比較勢均力敵。

因為放走敵隊隊長被處刺刑的泰國守衛，在城堡塔樓上呻吟著，而成千上萬的觀眾卻歡聲四起。全球各地狂熱地緊盯這一足球賽事每秒鐘的進展，相較之下，最新的〇〇七或阿富汗戰爭只是給嗜眠症小孩的小小娛樂。

大家蜂擁下注，賭金數目之大，連世界股市都受到影響。

莫哈娣把桌子掀了，抓起一把大劍揮舞著。劍離球只有幾毫釐之距，讓觀眾驚恐不已：因為球賽可能因此而取消。

阿賀班一直佔了上風，直到左後衛史密斯及人稱征服者的中衛威爾布，從大廳的彩繪窗戶中衝出來為止。

威爾布把球偷走，衝向球門所在的井，但是氣喘發作讓他倒在地上（現場的硝石塵灰害他過敏）。他趕緊拿出血管擴張噴藥，然後把球傳給掛在大廳水晶燈上的史密斯。史密斯拿到球以後，撒下煙霧彈，突破泰國的防衛線。他一躍跳入井底。還好他有想到要拿出他的刀子，因為泰國隊在井裡放了一堆食人魚。史密斯奮力而戰，殺死幾條食人魚，但是最後因為傷痕累累而不支倒下。他應該要傳球給隊長琳達・佛克斯碧，因為她就在旁邊，但她現在也被食人魚啃食著。太可惜了。紐西蘭隊本來應該可以漂亮進球的。史密斯就是有這個毛病，只喜歡個人單打獨鬥。

泰國隊用魚鉤取回球，想要再用氣動發射器把球射出，但是這時左翼布胡拿下他的面具：原來他化妝成泰國人，他的妝實在是太厲害了，深色的皮膚加上單眼皮。泰國防守隊員林姆想要一棍打下他……太遲了，精采懸疑！布胡馬上把球傳給剛掙脫鐵鍊的女邊鋒，她跳入井裡，憋氣游泳游向泰國隊的球門。吃得飽飽的食人魚冷眼看著她往前衝，消化是需要時間的。

進——球！

一比零，紐西蘭領先。紐西蘭隊陷入一陣瘋狂，大家相互擁抱、親吻、道賀、脫衣、恭喜。球又回到場地中央，一組憤怒的女泰國隊員往前衝，如入無人之地。她們輕易地勾引住紐西蘭二十四個球員，然後把他們勒死。用噴火氣火攻之後，她們衝入敵對陣線當中。

進球！

就在這個時候，比賽結束的哨子聲響。一比一，平手。

一定要分出勝負：仍活著的球員在丘陵上面對面，準備射門。球賽規則雖然一直在演化，但是還是沒有想到可以取代ＰＫ射門的方式。

每個球員都有一支氣動噴射器。他們必須把球射入一個擺在地面上的球門。緊張刺激到了極點。一個泰國女球員抓住球。她用望遠鏡察看距離，用手指測量風速，最後把球放在投射器裡。射出。

進分！

球打擊地面的力量大到把紐西蘭守門位置上，轟出一個大坑洞。二比一。輪到紐西蘭隊了。一個球員射球……沒有命中目標，真是幾家歡樂幾家愁。

所以最後的分數是二比一，泰國隊成為新的世界盃冠軍。

這場比賽之後，葬儀社也興匆匆地決定要贊助下一場比賽。

宇宙玩具盒

『這是什麼東西呀？』

『你的聖誕節禮物！』

『爸，你買的是我要的西部牛仔套裝嗎？』

父親猶豫了一下。

『不算是……』

孩子跑到禮物那裡，急急忙忙地要拆開巨大的包裝，在閃亮包裝紙及緞帶的混戰中，取出一個紙箱。

紙箱上寫著『上』、『下』，側邊寫著『小心易碎』。

打開箱子，結果是個很像透明水族箱、裡面卻黑漆漆的東西。前面的地方，有一個帶有許多刻度盤的儀表板，還有一些奇奇怪怪的字：『熔合』、『地心引力』、『爆炸』、『浸蝕』、『熱煮』、『冷煮』、『打散』、『高壓』、『低壓』、『霧氣』、『閃電』。

小孩的眼睛瞪得大大的，兩眼發光。
『太棒了！這是化學實驗玩具箱？』
『不是，比這更好的東西。這是你一直想要的東西。』
聽到這，孩子就瞭解了，原來又是一個他父親自己要玩的禮物。他父親每年都利用聖誕節，來滿足自己的欲望。
『這是個全新的玩具，比所有我們到目前為止看過的都更複雜、更貴。』
小孩滿腹疑惑，前前後後細查這東西。
『這是熱帶魚的魚缸？』
『很接近。』
『製造巨大冰淇淋的機器？』
『不對，差得遠。』
『可以玩玩具兵的地方嗎？』
『比較接近了。』
這種『猜猜看』本身就是一種樂趣。
小孩子的好奇心被激起來了。

『給洋娃娃製造布景的機器？』
『快猜中了。』
『我不知道，我猜不出來。』小孩生氣的說。
『這是一個製造世界的機器！』
小男孩露出懷疑的表情，半興奮半失望。
『看看盒子上面寫的——「小小造物主」。這是新玩具，你會喜歡的。』
這個叫做傑司的男孩，把玩具附的零件一一拿出來，有電線、轉換器、電池等東西。
『好像很複雜的樣子。』
『你老是跟我說，玩具一下子就玩膩了。我在想，「小小造物主」應該可以讓你玩得比較久。甚至，運氣好的話，可能還可以玩到明年聖誕節。喂，你是不是忘了要幹什麼啦？』
父親指了指自己的臉頰，等著男孩。
『沒有忘記，要親親爸爸。謝謝你！我覺得我會喜歡這玩具。總之，我的朋友都沒有人有這種東西。』
傑司高興起來，抱住爸爸的脖子，親了又親。

『好，我讓你自己好好看說明書，我要去客廳看報紙了。』

他去廚房找他太太。

『我想他會喜歡。』他說。

『他挑剔得很。你應該買他要的西部牛仔套裝就好了。』

『這每個小孩都有，但是有誰有整組世界玩具呢？』他父親反駁說：『我相信傑司夠成熟，他能瞭解這和隨隨便便的道具服是不一樣的，而且這也比較貴。』

他笑了起來。事實上，他覺得做點犧牲讓他的兒子可以動動腦筋，也很值得。

『玩具店他們有跟你說這賣得很好嗎？』他太太問。

『「小小造物主」嗎？沒有。這是新產品。我想我可能是第一個買這玩具的顧客，因為他們說：「下次來的時候，記得告訴我們這有沒有像廣告上說的一樣好玩。」』

他點了煙斗，打開報紙。他聽到，遠處的房間裡傳來他兒子打開盒子，東西弄來弄去的聲音。十分鐘之後，傑司終於喊了：

『我弄不起來！爸爸，過來幫我！』

爸爸嘆了口氣，搖搖頭。他很想看完一篇有關大城市裡老鼠繁殖的文章。小孩子一直嚷嚷，他只好收起報紙。畢竟，這種玩具需要贈予者起碼的售後服務。所以他也就認了。

『怎麼啦？有什麼問題？』
『我完全看不懂說明書。這要怎麼玩？』
父親翻了一下說明書。大概又是一本譯得不好或解釋不清的說明書。他戴起眼鏡，仔細地研究起內文。
『你看，要先插電。你要放電池還是直接插插頭？』
『電池。』
『好。』
父親把六個九伏特的電池放入電池巢裡，然後拿起手冊翻到『安裝』那一頁。
『只要仔細看說明書就會懂了，裡面寫得清清楚楚。』
他大聲唸起來：
『恭喜你購買了「小小造物主」，你必須要先安裝你的宇宙。這個水族箱裡的小世界，我們稱之為宇宙，從現在起就交給你負責。有幾項事情，請務必注意。首先，絕對不要把宇宙放在有風或潮濕的地方。最理想的溫度是攝氏十九度，也就是說，可能是你房間的溫度。』
父子一起檢查牆上的溫度計，看看是不是符合這個條件，然後父親繼續唸下去。

『其他注意事項。如果你有養貓，要用鐵絲網把你的宇宙圍起來。不可以讓貓接觸你正在孕育的宇宙。』

小男孩趕緊趕走走廊上的小苗。他們把牠叫做小苗，因為『貓咪喵喵』。小苗憤怒地喵喵叫，因為他們已經好幾次為了新玩意兒而把牠趕走。但是牠也知道，這孩子最後還是會玩膩，然後會回到最單純的樂趣，摸摸牠溫暖的毛。

父親繼續一條一條唸著注意事項。

『請勿把你的宇宙放在櫃子或桌子的邊邊，這樣可能會不慎被推倒。

『宇宙的壁面很堅固，但是請勿用鐵鎚或重物敲擊。

『請勿在你宇宙附近放太激烈的音樂，像重搖滾類的音樂。

『偶爾一點古典音樂，有助於你宇宙的成長。

『請勿讓物件脫離它們原生的世界。

『無論如何，都請勿攪亂星星。

『注意，宇宙中的東西均不可食用。』

父親跳過好幾頁，然後繼續：

『放入電池或接上二百二十伏特的插頭之後，就可以讓你的宇宙「開始演化」。正如把一粒種子種在盆子裡讓它開花一樣，你現在種下的是一粒光的種子，它讓你的世界開花。

『這火花，就是宇宙起源的創世大爆炸。透過宇宙引爆裝置，你能親手啟動創世大爆炸。在盒子裡有撞針及氫氣引爆器。把撞針放在水族箱左側的壁面，把氫氣引爆器放在大爆炸的容器裡。要注意，一旦發動創世大爆炸，這過程就不可逆轉。不要輕率隨便啟動。每次創世大爆炸，都相當於一個宇宙的誕生。所以，請謹慎啟動這個第一階段，這是至關緊要的。』

『怎麼樣才能弄出一個漂亮的創世大爆炸呢？』傑司問。

父親低頭看著說明書。

『引爆器必須要爆裂得越響亮越好，撞針必須要導向正中央。萬一撞針導向四周邊緣，你的宇宙恐怕會像顆爛蘋果一樣撞向玻璃壁面。這並非是我們所想要的。』

『我要試試看！』小男孩沒耐心地叫著。

『等一下，等一下，我還沒唸完。』

但是傑司自以為都瞭解了，開始安裝引爆器。

『不可以，等一下，上面說要……』

太遲了。傑司把他的宇宙拉向水族箱的中央。

一陣驚人的爆炸聲！這巨大的聲響大大超出水族箱的範圍，牆壁和玻璃都在搖動，牆上掛的畫都掉了下來，擺設裝飾品晃來晃去，書從書架上七零八落地掉下來。

樓上的鄰居用鞋子敲地板，叫他們不要吵。

母親跑過來看發生了什麼事。

她發現兒子和丈夫在一個大水族箱前面。

『什麼聲音？』她一手拿著裝滿花椰菜泥的鍋子，一邊問。

『他啟動了……一個世界，但是我還來不及唸完說明書，我不曉得他操作創世大爆炸的方式正不正確。』

母親走近黑玻璃缸，要看清楚裡面的東西。光如蘭花般慢慢展開。花冠上，星塵開始含蓄地閃爍著，似乎在探測這剛形成的宇宙空間。

『媽，妳都沒看到剛才有多漂亮！我才一按撞針，就出現一道閃光，還有白色的細塵擴散開來……』

母親目不轉睛地看著這一景，被深深吸引住。光之花扭曲著，彷彿在靜靜哀嚎著。有一瞬間，她覺得光花痛苦地吐出藏在它肚子裡的星星。物質及能量的粉粒抽動著。

『你剛創造了一個宇宙。』父親宣告。

『太棒了。』

『但是要注意，不能讓你的宇宙自己隨便發展，否則將會變成大混亂。你必須要繼續監督它及照顧它。就像盆栽一樣，要修修剪剪，不斷調整，需要花許多心思去照顧。』

母親手扶額頭。

『說到盆栽，他一個禮拜就弄死一個盆栽。還讓黃金鼠吃原子筆中毒死掉！親愛的，讓他去照顧一整個世界，對我們的小寶貝來說，會不會要求太高了？』

『不會不會，這次跟以前不一樣，我會很小心的，我保證。』傑司發誓。

『你每次都這麼說。』

『爸爸，快教我怎麼照顧宇宙，要怎麼做？』

父親再度拿起手冊讀，然後指著連接大水缸旁的儀表板上的幾個操縱桿。

『說明書說，波動器可以在你的宇宙當中製造力場。』

『那是做什麼用的？』

他看著兒子，他也毫無頭緒。拿起說明書，在解釋名詞的部分找『力場』這字的意思。

但是小孩子已經失去耐心了。剛開始的熱度，已經變成滿腹疑惑。

『爸爸，我不曉得你送給我這麼複雜的東西到底對不對。我覺得自己好像在造物主的學校上課一樣，要硬背定律、規則，還有方法，這還算什麼遊戲！我寧可要電動火車或西部牛仔套裝。電動火車，加上火車站、小山，這也自成一個世界，不是嗎？』

小孩再度盯著黑漆漆的水族箱，光之花繼續開展。

父親很不高興自己的禮物竟然淪落這樣的下場，他焦躁地翻著手冊。

母親一邊聳聳肩，回到廚房去。

『你們玩完了就過來吃飯。菜都涼了。』

但是父親不打算就這樣放棄。

『找到了！力場：類似於實驗室的鑷子，可以作用於孕育中的宇宙。請參考「練習題」。』

父親趕快找書上所說的那一部分。他的額頭開始出現一顆顆汗珠。

花了大錢，卻沒有得到相對的熱烈反應，實在是令人生氣的事。他知道自己錯了，對兒子期望太高了。小傑司不夠有耐心。

『第一個練習題：「試著製造一顆A級星。」』

廚房傳來的聲音說：

『老公，吃飯了。你怎麼好像比你兒子還愛玩！』

『我得幫他解讀說明書。我們正在試著製造一顆A級的星星。』

小傑司學會利用力場的操縱，使能量燃燒氫氣雲。他用操縱桿來控制。雖然不是十全十美，但是還算可以。然後他又學會堆壓這些燃燒的雲來製造光球。一顆A級的星星誕生了。

『太好了！』父親鼓勵他，覺得還有希望。

他又去翻說明書，唸著：

『練習題二：製造一個星球。做法如同A級的星星，但是燃燒之後要馬上熄滅，讓它變成一團固體物質，慢慢冷卻……。練習題三：製造生命。從製造一個細胞開始，先組合氨基酸。』

父親從試管當中取出一些氨基酸，然後利用吸管吸取規定的劑量來混和，再把混和物倒入裝在盒子內的小隕石上，隕石馬上墜落在行星上。

『哇塞！隕石就像精子，去卵子星球那裡播種。』

父親對這個比喻感到有點吃驚。但是，他想起來，兒子今年開始上性教育的課。父子才用十分鐘的時間，就順利完成前四個練習題。水族箱因為這些色彩點點的星球，而生氣盎然。有藍色的、綠色的、黃色的……

『要替你的星球取名字或編號，否則會一團混亂。』看起來很滿意的父親說。

然後，他宣布下一個遊戲：『練習題五：製造意識。』

他們努力了幾分鐘，但是沒辦法讓他們的創造物擁有意識。練習題五真的是超出他們的能力範圍之外。

『手冊說，如果我們宇宙的動物無法擁有「意識」，那就必須要利用移轉程序。我們對一支小麥克風說話，我們的創造物就能聽到翻譯成他們語言的這段話。』

這時，怒氣騰騰的母親出現了，要大家吃完飯以後再做實驗。她斥責說：不要滿腦子只想著玩具，她丈夫最好行為舉止能像個負責任的大人，而她兒子也該做作業了。

父子倆心不甘情不願地丟下他們製造的宇宙，去廚房吃飯。

用餐過後，他們又試著替他們的創造物製造意識。

沒有什麼顯著的結果。

『或許我們製造的是一個「呆」世界？』傑司嘆息著，開始有點玩膩了。

試了兩天，仍無結果，小男孩真的不想再試了，這個年紀的小孩喜歡的遊戲要馬上就很好玩。傑司已經伸手到水族箱裡好幾次，拿起行星和太陽在啃，還好這不具毒性。但是連這樣，他也覺得索然乏味。行星的味道有點鹹鹹的，太陽呢，實在是太燙了，會燒到嘴巴。

傑司把宇宙水族箱收到頂樓堆雜物的地方，放在其他丟棄的玩具旁：彈珠台、搖搖馬、塑膠玩具兵盒、空氣槍等等。

然後他下樓摸摸他的貓咪小苗。

然而，在樓上，他的宇宙繼續在運作。

有一天，一隻老鼠，純屬好奇，走近水族箱。眼尖的老鼠，發現超小的銀河系。星星，還有生活在上面的生物。

在一群鼠輩的幫助之下，牠把傑司的宇宙帶到鼠王面前，這隻老動物靠著尖爪利齒而坐享王位。鼠王用鼠語宣布：

『這是一個被遺棄的新生宇宙，我們可以做這個宇宙的主宰。』

因此，存在有這麼一個宇宙，在那裡，老鼠成為人類的上帝。

白狐狸軍團

『你想會是他們嗎？』

電鈴響了三聲，菲德阿公及露絲阿媽像小動物一樣驚恐地躲起來。

『不可能。我們的小孩不可能會讓他們來這裡。』

『我們已經有三個禮拜沒有沙博及娜奴的消息。聽說，安養中心的人來之前，孩子們都會這樣子。』

那兩個退休老人緊緊靠著窗口，認出鼎鼎大名的安養中心那輛圍著鐵網的大公車。車上清楚寫著安養中心四個大字，還有這個中心的標誌：一張搖椅、一個電視遙控器、一朵菊花。穿粉紅色制服的職員走出來，其中一個職員，拚命想要把用來抓老頑固的大網子藏起來。

菲德和露絲緊緊地抱在一起。菲德氣得發抖：所以，他們被自己的子女棄養了。他們心愛的孩子，已經到安養中心去揭發他們了。

這天之前，菲德還一直覺得不可能會發生這種事。雖然他知道這種行為越來越普遍。這幾年來，反老的積極份子越來越明目張膽。政府剛開始還勉強支持老年人，不久之後就任隨他們受民意制裁。晚間新聞裡，一個社會學者證明說，社會保險赤字，主要都是七十歲以上的人所造成的。政客們更藉機砲轟：他們指控醫生開藥太隨便，為了擁有顧客而不計代價延長壽命，無視於社會的整體利益。

事情急速惡化。經過分析之後，預算大為縮水。首先，政府中斷人造心臟的製造。然後，行政單位凍結代用皮膚、腎臟、肝臟的施行計畫。總統在元旦致詞時說：『不可以讓我們的老人變成不會死的機器人。』『生命有終點，必須要予以尊重。』他說，銀髮族只消費不生產，逼使國家課收不受歡迎的稅，讓國家形象受損。總之，毫無疑問的，所有的經濟問題，都和老年人的大肆增加有關。奇怪的是，沒有人注意到說這席話的，是個已經七十五歲的老人，他的體能，還真多虧了尖端的醫學技術。

這番話之後，七十歲以上的老人，醫藥及醫療給付大為受限。七十五歲起，消炎藥沒有補助。八十歲起，牙齒醫護沒有補助。八十五歲起，胃壁保護藥沒有補助。九十歲以上，鎮痛劑沒有補助。所有超過一百歲以上的人，再也不能享有免費醫療的權利。

廣告商對這一趨勢樂不可支，跟政客亦步亦趨，他們推出一支劃時代的『反老』廣告。有一個狗食廣告裡，第一句標語是：『飛寶牌——你祖父夢寐以求的狗食。』廣告裡，一隻狗向一個想偷牠狗碗的老人齜牙咧嘴。這段時間，衛生部長張貼了一張公告：『六十五歲還可以，七十歲即大麻煩！』

逐漸地，老人的形象和社會負面連在一起。人口過剩、失業、稅捐，這都怪老人，『甜頭享盡，還賴著不走人。』

還滿常見到餐廳門口掛著這樣的招牌：『禁止七十歲以上的老人進入。』再也沒有人敢替他們辯護，怕被扣上反動的帽子。

電鈴又大肆作響，菲德和露絲驚跳起來。

『別開門，讓他們以為沒有人在家。』顫抖不停的菲德低聲說。

從二樓的窗戶，露絲現在可以看到圍著鐵網的車內有富通夫婦，這對夫妻是他們的鄰居，星期六下午常和他們一起打牌。所以，他們也被他們的小孩拋棄了。

『開門，我們知道你們在裡面！』

帶著捕老網子的職員用力敲著大門。

他們蜷縮在一起。拳頭大敲之後，接著是用腳在踢門。

在鐵網圍起來的籠子裡，富通夫婦低著頭。他們因為來不及警告其他人而後悔不已。

才上個星期六，菲德和露絲還去拜訪他們。話題都繞著反銀髮族的法律。根據他們的說法，安養中心還不是最糟糕的。富通夫婦說，有些小孩甚至在要去度假前，把家裡的老人綁在樹上，免得還得帶他們一起去。老人家就這樣待在那裡好幾天沒飯吃，任由風吹雨打。

『這些安養中心裡面到底是什麼情形？』露絲低調地問。

富通太太一臉驚懼的樣子。

『沒有人知道。』

『廣告上說，會帶我們去旅遊，去泰國、非洲、巴西玩。』

富通太太冷笑說：

『那根本就是官方說法。我不認為嫌我們太花錢的政府，肯付錢給我們去享受異國之旅。我嘛，我自己心裡認為，那不會是什麼值得高興的地方。那邊呀，很簡單，就是給我們……打打針。』

『妳這話什麼意思？』

『他們給我們打毒藥，解決我們。』

『不可能！這樣也太……』

『他們不會馬上解決掉我們。先把我們留一段時間，以防我們的子女改變主意。』

『但是怎麼會有人願意被打針？』

『他們會說這是防感冒的疫苗。』

好長的一段沉默。

『富通先生，你是怎麼知道這些的？』

他沒有回答。

『這都是一些謠言。』菲德最後說：『我相信只是人家的捕風捉影，世界不會如此無情，這是你編出來的。』

『我很羨慕你把人生看得如此美好。但是，我父親說過：「樂天，只不過是消息不靈通。」』富通先生嘆息著說。

在樓下，安養中心的打手用橇棍把門撬開。他們的動作充滿自信，近乎機械。他們每天大概要來個數十次。

『不用害怕！』他們大叫。『沒事，別害怕。』

絕望之極，菲德一把挽住露絲的腰，然後猛地一跳，一起從窗戶跳出去。垃圾堆讓他們沒有摔得太痛。堅決的菲德，拉著露絲的手臂，飛快衝向安養中心的專車。趁人行道上的職員還目瞪口呆之際，菲德就已經跳上駕駛座，火速把車開走。

他往山的方向開了很久。在後座，還有二十個老人驚魂未定。車子停下來的時候，又一陣很長的沉默。

『我知道，』菲德說：『我們或許犯下滔天大罪，但是我習慣憑我的直覺做事，那個安養中心，絕對不是什麼好東西。』

其他人看著他，仍十分愕然。

他們猶豫不決，然後富通先生發出一聲：『耶！』不一會兒，所有的乘客也歡聲叫出，只有一個例外。

『我們會死掉。』隆格洛說，他是個八十歲乾巴巴的老頭。

『反正在安養中心，我們也是死路一條。』菲德反駁說，突然，他不再顫抖了。

富通夫婦及其他老人趕緊謝謝這對英雄夫妻，但是菲德打斷他們：

『沒時間了，警察馬上就會出現，我們趕快躲到山裡面。』

這群逃亡者到達森林的時候，突然焦慮起來了。

『這裡好冷。』

『這一帶有很多野生猛獸。』

『我好餓！』

『這種地方一定有蜘蛛和蛇。』

『我的心速調整器快沒電池了。』

『我還在接受抗生素治療當中。』

菲德要他們安靜。他冷靜地跟他們說話，很快地就成為他們的首領。畢竟是他把他們救出牢籠，所以他對他們有責任要盡。只要警察還在搜尋他們的下落，他們就無法生火。但是，最要緊的是，先找到一個可以藏身的洞穴。

菲德的冷靜讓大家佩服得五體投地。一個小時過後，那些出去找地方的人，回來說找到了一個大小剛好的洞穴。大家都過去了。

『我們在這裡可以安全點火。』

沙貝太太，一個患肺癌的老煙槍，拿出她的防風打火機。樹枝堆好了，但是做為業餘的『魯賓遜』，菲德也實在是太遜了。洞穴裡弄得到處都是煙，大家落荒而逃。有個臃腫的老先生來不及逃出，咳嗽咳得太厲害，害他心臟病發作，一命嗚呼。

同伴們在一個臨時的葬禮當中，把他就地埋葬了。

『一個老人的死去，等於是燒掉一座圖書館……安息吧，龔特拉。』

葬禮之後，前科技新聞記者隆格洛，建議在洞穴頂挖個洞，做一個排煙系統。這成了他們求生的第一課。

第二天，他們決定要去打獵。沒有弓箭的富通先生，就靠著一塊大石頭，把一隻倒楣的松鼠給砸死：這是他們的第一餐。

又隔了一天，換森林反撲。被一隻莽撞的野兔撞倒的富通太太，就這樣不幸跌倒斃命了。埋葬了富通太太之後，他們就剩下二十個人。

晚上，老人們圍在火邊討論。

『我們根本就是沒希望了。』法泥耶太太說，她被捉時所帶出來的藥，已經都吃完了。

『野狼會把我們吃掉。』

『警察會找到我們。』

菲德要大家放心。他的聲音越來越有自信。

『在這裡不會有事的，只要我們不要太明目張膽。我們已經消失了好幾天，他們一定以為我們已經冷死了或被野獸吞掉了。這正是他們最大的弱點，他們低估了老人。』

蒙內斯提耶先生嘀咕著：

『我不敢相信我們竟然會流落至此……』

一個老祖母要大家作證：

『到底是怎麼回事，我們從來沒有這樣對待我們的父母呀……』

菲德打斷討論：

『不要再沉浸在過去，唉聲嘆氣個不停了，我們要活在當下。你們清楚得很，我們的小孩是被洗腦，變成只會崇拜無限的青春。他們只會追求年輕貌美、苗條健美、沒有皺紋，這讓他們變得頭腦簡單。但是把我們消滅，也無法讓他們青春永駐。』

這個小團體對他喝起采來。

突然，他們看到在洞穴入口有一個人影。頓時之間，所有的老人都抓起他們自己做的標槍，對準那人。但是，他們抖得太厲害了，根本就對不準目標。

第一個人影後面。又來了第二個人影，然後是第三個、第四個。大家都驚慌起來了。

菲德克制自己的害怕，拿起一把火炬，往前走。

『你們是安養中心的人嗎？』他竭力穩住聲音地問。

他走近一看：那些人既不是警察也不是護士，而是一些跟他們一樣的老人。

『我們是從一個安養中心逃出來的。我們聽到你們逃跑的消息，在找你們已經找了好幾天。』一個駝背的老人解釋說：『我是渥倫保醫生。』

『我是渥倫保太太。』一個沒牙齒的婦女說。

『很高興認識你們，歡迎歡迎。』恢復平靜的菲德說。

『你們要知道，對這國家的所有老人而言，你們是他們的英雄。消息很快就傳開來了。大家都知道你們逃跑了，而且也還活著。政權當局想要讓人以為已經找到你們的屍體，但是很容易就發現，那是剪接過的影片。那些屍體實在是太年輕了。』

他們大笑了起來。他們好久沒有這樣開懷大笑。這一笑，讓許多人咳嗽、臉紅、出汗。現在他們共有二十四個人。新進人員還帶來了寶貴的東西：紙筆、刀子、助聽器、眼鏡、枴杖、醫藥、繩子……渥倫保醫生甚至拿出一支自動卡賓槍，這是他當韓戰自願兵時的剩餘物資。

『太棒了！這些夠我們長期抗戰了！』露絲叫了出來。

『是呀，我相信其他老人也會加入我們。到目前為止，那些逃出來的人，沒有寄託，也沒有地方藏身，這也是為什麼他們又被抓起來的原因。現在，他們知道在我們的山裡面，沒有不可能的事，我確定現在有上百個老人正在搜尋這區域。』

的確，越來越多的老人加入他們反抗的行列。許多人因為沒有適當的醫藥，到達時，精疲力竭而不支倒地。但是，那些活下來的人，則很快地變成鐵漢一條。

靈巧的渥倫保醫生，教大家做捕兔子的圈套。而他太太，一位優秀的植物學家，教大家如何識別食用性的香菇（遺憾的是，有問題的香菇，害他們又少了幾個人。）及如何種蔬果五穀。

曾經是電氣工的富通先生，開始製造一個風力發電機，它隱密的葉片，幾乎可以被樹遮擋住。有了這機器，不久他們的洞穴就可以點燈了。

菲德負責導水系統，讓附近的水源，可以引入他們住的地方。森林裡的生活變得比較沒那麼辛苦了。每個人都自認是倖存者，正如菲德所說的：『在這裡每過一天，就是一個奇蹟。』

不久他們就增加到上百人，分別聚居在這個洞穴及附近的山洞裡。菲德及露絲變成傳奇人物，安養中心聽到就怕，超過七十歲以上的人，聽到就崇拜不已。菲德成功地讓人在森林裡替他拍照，不久，在老人的住家裡，都偷偷地掛起他的相片來。他替他的反抗組織取了一個名字：『白狐狸』，也想了一個團結大家的口號：『只要還活著，就有希望。』

然後，他們決定要對人民喊話，草擬一張文宣：

請你們尊重我們、疼愛我們。老人可以照顧幼小的小朋友，可以織毛衣，可以燙衣服、做菜。這些花時間的事情，年輕人不願意做，我們還知道怎麼做，因為我們不怕消磨時間。

人，屠殺他的前輩，與鼠輩消滅其社會弱勢者的行徑無異。我們不是鼠輩。我們知道團結合作，一起在社會上生活。如果弱勢者該被滅絕，團體生活就沒有必要。讓我們結束反老法律，好好利用我們，而不是消滅我們。

然後他們設法把這個傳單傳遍全國。

但是菲德並不滿意。有一天，他決定，光是保護他們的小團體是不夠的，還必須解放那些囚禁在安養中心的老人。所以，白狐狸最活躍的一些成員偽裝成『年輕人』，把頭髮染黑，帶著假造的文件，假裝是中心老人『後悔不已』的小孩，經過左思右想之後，決定帶回他們的老人。漸漸地，面對如此暴增的反悔者，政權當局也訝異不已，開始起疑。從這時起，所有要領回父母的人，都必須要先露出雙手。手最能看出一個人的年紀。

所以菲德決定要進行城市游擊戰。所有白狐狸行動組的成員，集體攻擊安養中心，因而釋放出五十多名老人，讓參加他們隊伍的人又大為增加。他們變成一支真正的軍隊，叫白狐狸軍。

安養中心的警察人員確定他們在山裡的位置後，好幾次試著要發動攻擊，但是有許多老將軍帶著他們庫存的武器，加入老人的陣營。他們不只是有一些破弓來護衛自己的陣營，而且還有如假包換的輕機槍及六十公釐的迫擊砲。

由壯年的部長及秘書長組成的新政府，拒絕退讓。老人家在家裡被警力與日俱增的警察隊逮捕。看來，當局想要在反叛擴及全國之前把事情解決掉。安養中心不再使用公共汽車，而是從銀行徵用的加固運鈔車。政府不但沒有降低要求，反而是變本加厲：禁止六十歲以上的人工作，禁止小孩支持父母。

對此，白狐狸的突擊也更加擴張，雙方的立場都更強硬。洞穴變成堡壘，更堅固、更舒服，山中生活變得非常愉悅，他們也坦然接受之，這種地下生活，讓他們返老還童。他們希望他們的反抗之軍能開始動搖政府當局，逼使他們修改反老法律提案，或促使總統和他們妥協。情形卻剛好相反，衛生部長想到一招，來結束這一切。不是什麼大膽的策略來讓這些叛亂份子歸隊——只不過是利用流行感冒而已。

直升機從森林上空撒下大量的病毒。露絲最先死去。菲德仍拒絕退讓。

當然，他們非常需要對抗流行感冒的疫苗，但是國家預先下令摧毀所有的疫苗庫存。所以感冒一發不可收拾，損失也越來越重。

三個星期之後，當警察要逮捕白狐狸所剩下的人員時，沒有遭遇任何的抵抗。菲德被安養中心一個新部門抓住，這個部門全是由不到二十歲的年輕人所組成的。

傳言說，菲德被施打毒針之前，冷冷地直視劊子手的眼睛，對他丟下這句話：『有一天，你也會變老。』

透明新人種

幾年來，在我的基因實驗裡，我一直在研究透明的概念。我先取出能讓植物呈半透明的ＤＮＡ密碼。這在大自然中的海草身上，可以找到。我只要植入作用於色素的基因序列就可以了。我藉此而創造出透明的玫瑰花、透明的杏樹、透明的小橡樹。

然後我嘗試以動物為對象。這次，我用的透明基因序列，是取自水族箱常見的孔雀魚類。植入青蛙細胞核之後，就變出一隻透明青蛙，或者應該說是一隻皮膚肌肉透明的青蛙。我們可以看見牠的血管及器官，還有骨架。之後，我又弄出一隻透明老鼠。

這實在是嚇死人的動物，我不敢讓我的同事看到。然後是一隻狗，最後是一隻透明的猴子。就這樣，我遵循著生物演化順序的邏輯，從最原始的植物到最接近我們的動物。

我不知道怎麼回事，但是我最後竟然在我自己身上做實驗，或許這是因為所有的科學家都需要把他的求知欲推到極限。而且，這也是因為我知道不會有人願意做我的實驗品，讓自己的皮膚突變成半透明的。

某晚，在我空無一人的實驗室裡，我就這樣下了決心，在自己身上測試自己的透明技術。實驗非常成功。

我可以看見皮膚之下的胃、肝臟、心臟、腎臟、肺、小腦，還有整個血液循環系統。我很像是過去生物實驗課裡那尊解剖模型。只是，我還活著，可以說是一大尊活的解剖模型。

我在鏡子裡看到我自己時，忍不住驚恐地叫了出來，這一叫，加速了我的心臟的血流。鏡子讓我看到我焦慮的後果：動脈激烈地凸凸跳，肺像鐵爐的風箱一鼓一縮。淺黃色的腎上腺素，把我的血染成橘色的，淋巴系統像一台老舊的蒸氣機一樣狂飆。

緊張……原來就是這樣？

尤其是我的眼睛，實在是太嚇人了。我們平常看到的眼睛多半是新月形的，但是，現在，我可以清楚地看到整個珍珠色的球形眼眶，加上頗為驚人的肌肉神經。

等我的理智恢復過來的時候，我發現，一團一團的食物在我的腸子裡面一鼓一鼓地移動。跟隨著食物的路徑，就可以事先猜出大概是什麼時候要上廁所了。

當我思考的時候，血液經過頸動脈往上流向大腦。當我感到冷或熱時，血液就流向皮膚的毛細管。

我脫下衣服，觀察整個身體。

我是超乎想像的赤裸裸。

我突然想到一件事：我不知道怎樣逆轉這個實驗。我變成透明了，但是該怎麼樣重新變成不透明呢？我瘋狂地想要在我的實驗鼠身上，取出不透明基因序列。因此我一直忙到早上，根本沒有注意到時間。清潔婦不疑有他，推開實驗室的門就進來了……結果當場嚇昏。

我得要趕快在同事到達之前，穿好衣服。怎麼跟他們解釋說，這一堆活蹦亂跳的器官，包在類似塑膠套子的東西裡面的，就是我呢？

我最先想到的是，把我從頭包到腳，穿高領，戴太陽眼鏡，很像威爾斯筆下的隱形人。這樣，就可以隱藏我那令人張皇失措的半透明身體。

我急急忙忙穿好衣服。除了臉頰，該藏的都藏好了。從清潔婦的化妝包裡借來的粉底，彌補了這一空隙。

有人到的聲音。

我趕緊跑出去。在地鐵站裡，有個小流氓拿一把小飛刀對著我。四周的乘客毫無反應地看著我們，大概覺得這種暴力事件，是家常便飯。

我靈機一動，拉開我的大衣。或許他一下子還以為是碰到一個變態狂，但是我所暴露的，是比這還要隱私的東西。這個流氓不只是可以端詳我的身體，還可以對我運作中的器官、血管一目了然。

他晃了一下，昏倒過去。那些看熱鬧的人馬上過來幫他，並充滿戒心地望著我。世界真的是顛倒了！人類可以忍受暴力場面，卻對不同於己的人感到反感。

我一氣之下，對那些急於照顧施暴者卻不願救受害者的好事者，真的很想給他們見識一下我獨特之處。

他們的反應也太離譜了。

我差點遭到集體私刑。

讓他們看到這一幕，是為了提醒他們，我們不只是有精神狀態，也有肉體在運作。就是因為有這一堆內臟不停地在作用，才讓各種奇奇怪怪的液體，得以在各種顏色的器官內循環不已。我所揭露的，是皮膚掩藏下的真實自我；這一事實，還沒有人敢正視之。

這一最初勝利感過去之後，我瞭解到，從今以後，我是一個社會所鄙棄的人，不對，還更糟，是一個怪物。

我在城市裡流浪著，一直問我自己這個問題：誰能忍受看到這樣的我？最後，我找到一點答案。還是有人在找有利可圖的怪物——賣藝的人。

所以我開始找離這最近的馬戲團，也就是馬革農馬戲團。他們自誇擁有最怪異的傢伙，甚至是整個地球上古往今來最醜陋的生物都有。

大名鼎鼎的侏儒女團長，在她豪華闊綽的辦公室裡接待我。坐在一張上面堆滿了墊子的紅絨沙發上，她很專業地打量著我：

『所以，小夥子，你想加入我們這裡。你的專長是什麼呢？空中雜技、魔術，還是馴獸術？』

『脫衣舞。』

她看起來很吃驚，然後更仔細地瞧瞧我。

『我想，你可能搞錯地方。這裡不是色情劇院。我馬戲團的聲威，是世界數一數二的，大門在那裡，你請吧。』

俗話說坐而言不如起而行，我乾脆把我右手的手套脫下來，像是準備要好好握她的手。她二話不說，從椅子跳下來，抓住我的手掌，舉向天花板的日光燈。她仔細檢查手掌到指尖那由粗轉細的複雜靜脈管。

『其他部分也同樣可觀。』我說。

『還有其他部分？你是火星人嗎？』

我解釋說，我只是個地球人，甚至是一個受同儕讚賞的科學家，但是我最後的實驗做得太成功了。女團長繼續觀察那隨著心跳而流來流去的血液。

『我碰過不少非比尋常的傢伙，但是像你這種，我還真沒有見過。等一下，我叫其他人來見識一下！』她高聲說。

她把她的藝人叫來。斷腿人、軟骨功人、世上最胖的人、連體姊妹、吞劍人、馴跳蚤的人，統統擠到辦公室裡來。

『我都不知道，原來肝臟在不吃飯時也在運作。』斷腿人說。

『這是不是腎上腺體呀？』侏儒女團長問。

世界上最胖的人覺得腎臟實在是小得可笑。大家都不厭其煩地欣賞這一幕。

軟骨功人，一個優雅的韓國女孩，是第一個伸出手指摸摸看我皮膚的人。她兩眼望著我，我趕緊低下雙眼。她摸得很冷靜。她的勇氣讓大家都鼓掌起來。

她對我微微一笑。

我好感動。我突然覺得加入一個新的家庭。

很快地，他們幫我設計了一個脫衣舞的節目，讓我一層層脫掉好幾件衣服之後，開始脫乳膠做的假皮。

每次，效果都很驚人。原來，唯一用布料把自己遮遮蓋蓋的動物——人類——最喜歡看的東西，竟是裸體。但是因為觀眾是在一個馬戲團看戲，所以似乎沒有受到驚嚇。他們把我當成是新一類的魔術師，所以，他們想知道的是背後有什麼『機關』。有名的魔術師都來參觀我的戲碼，窺探是什麼視覺效果造成的。

我也習慣了我的新肉體。

我習慣觀察我自己。因此，我找出了某些現象發生的原因，像為什麼我晚上會莫名其妙的肚子痛。原來，是我的腎上腺引起的痙攣。有時，我會在鏡子面前，好幾個小時待在那裡，觀察大腦裡的血管。

有一天晚上，我在鏡子前用手電筒看自己的身體，想要再瞭解更多身體的奧秘時，我就想：真理是最難以接受的，特別是當真理是牽涉到如身體這麼私人的東西時。

其實我們對自己身體的瞭解非常粗淺，而我們也不願意去深入瞭解。把身體視為一種機具，壞了就送醫修理一下，然後醫生開些五顏六色名字粗野的藥丸就算了。

誰真的關心自己的身體？誰願意去正視它？我用手電筒在我的肺腔裡照來照去，一邊想：人類集體突變成透明之後，可能會比較真誠一點。

韓國女孩敲我房間的門，問可不可以仔仔細細地看看我。她是第一個決定這麼做的人。

我的性腺馬上就脹滿，透露出某種情緒。我的朋友假裝沒有看見，拿起手電筒，照著頸子的某個部位，跟我解釋說，她這地方會痛。

她說她瞭解我。她繼續照著我，像在探查一個洞穴。她照亮我的背部。我低下眼睛。從來沒有一個人這樣對我感興趣。我甚至連我的背是長什麼樣子都不知道。或許她正在看我的心臟，或是肝臟。（等她走了以後，我再用兩面鏡子來看我自己。）

她走近我，親吻我。

『妳不會覺得我噁心嗎？』我憂心忡忡地問。

她笑了一下。

『或許你是第一個……但是總有一天，其他人也會突變。』

『妳擔心嗎？』

『不會。改變不令人擔心，不變及謊言才更糟。』

當她更深入地親吻我時，我想到一個荒唐的念頭。如果我們有小孩，他們會像我，像她，或一半像我，一半像她呢？

黑暗

太陽已經熄滅了十個月，星星也不再閃閃發光，這個卡密曾經如此熟悉的世界，已經變成一個黑暗的國度。看來，黑暗戰勝了光明。

這天早上，正如每一天早上，卡密張開眼睛所看到的，是那無邊無際的暗夜，他摸索著旁邊，想要確定寶瑟亮就靠在他身邊。細長的寶瑟亮，比最有力的盟友更忠實、更敏捷。他在天地變色的時候，替自己選擇了這麼一支劍。

這一切是在夜裡發生的。

大家一直擔心大難將至。

大家覺得第三次世界大戰就要降臨。

二〇〇六年六月六日夜裡果然爆發了世界大戰。

根據他所瞭解到的，大災難發生在轉瞬之間。

原子彈炸平了所有的大城市。

沒有人知道誰先開始的。有人說是電腦資訊系統啟動立即的反擊。第一顆炸彈一掉下來，就觸發大批的報復。上百顆核彈撕裂天空，伴隨著恐怖的叫囂聲。其中一顆核彈可能是走偏向了，本來應該是要毀滅人類的，結果衝向太陽系統的中心。在外太空中，沒有任何東西可以阻擋一顆核彈。它沒有撞上金星或水星，而是讓太陽爆炸。

爆炸的亮度應該是滿驚人的。

他沒有看到這一幕。他那時在睡覺。

醒來時，他只看到災難的結果。

燈火熄滅了。

統統熄滅了。

從這時起，地球陷入黑暗陰冷當中。

這天早上，還有以後的每個早上，黎明都不再升起。從此，世界陷入絕對的黑暗。

這天，正如其他天，卡密穿上緊身長褲及緊身棉襖，然後，用指尖輕撫鏡子光滑而冰冷的鏡面。這個無意義的動作，與其說是後悔，還不如說是一種習慣，讓他必須以寶瑟亮挺身而戰的時候，能有足夠的力氣揮臂。

絕不輕言放棄，要記得澄黃晨曦時的城市，要記得臉上的光彩及屋上的色澤。想想從前光明支配的時候，數以千計的燈，把每一個角落的漆黑，一直驅趕到最陰沉的暗夜裡。

這一天，正如每個黑暗降臨之後的日子，卡密緊緊握著劍把，沿著一道道的牆溜出去。

找東西吃，活下去……無止盡的暗夜讓他變成一頭動物。

臉上更為冰冷的空氣告知他來到馬路上了。卡密毫不猶豫，他用堅定的步伐衝破黑暗，這份堅定讓四周的惡棍，不得不退讓三分。

有聲音。卡密舉起寶瑟亮，兩腿穩穩站著。敢現身者，準備接招。

暗夜在城裡引發了不少突變。

不知從哪裡冒出許多怪異生物，牠們對黑暗的適應能力甚強，正如海溝裡的怪物很適應又黑又深的海底。

這時，卡密的鼻孔聞到突變動物的味道，而他的耳朵可以感覺到這傢伙很笨重，體型可觀。黑暗吸引了各種怪獸到這老舊的城市，牠們靠垃圾為食，而且通常身上散發著一股令人難以忍受的惡臭。卡密特別討厭這些怪物吸食時所發出的聲音。他手持劍，架式擺開之後，屏氣以待。

怪獸現在距離不到一公尺，卡密仍按兵不動，他應該可以在牠還來不及反應之前，痛擊四、五下，但是他並不確定是不是這樣就能佔優勢。這龐然大物遠離之後，留下一股令人作嘔的氣味，就像是一個恐怖的印記。

卡密用較為謹慎的腳步繼續往前進。又是那氣息，臭味，體態龐大，迫使他停下腳步。更遠處，另外一頭怪獸和他擦肩而過，卻沒有注意到他。這一次，卡密大膽地往前衝。

經過馬路的兩個轉角之後，他往北走，來到這條曾經是富宅聚集的大路，而現在只剩下廢墟。卡密討厭這個荒涼的區域，所以他更加快腳步，這差點讓他賠掉一條命。

一隻默不出聲的小怪物（突變的盲鳥？）飛速地擦過他的臉頰，劃破一道鮮血淋淋的傷口。寶瑟亮反射地向空揮舞，但是怪物已經在哀叫聲中，逃之夭夭。

卡密伸手摸自己的傷痕，嚐一口自己的血。這讓他更為意志堅定。他拎緊他的袋子，繼續往前走，頭低著，但劍高舉。

寶瑟亮為他往荒城之北開路。

在突變怪物的嘈雜聲中，有人突然抓住他的手臂。卡密立即轉身，把寶瑟亮在天空揮掃，好幾次揮中這土匪。

『哎呀，』他尖叫出來，『你幹嘛啦？』

寶瑟亮更加一怒不可收拾。

『啊！媽的，別打了！』

這時另一個盜匪冒出來了。他從後面抱住卡密，並且用一股超人的力量，把他從地面上舉起來。

寶瑟亮再也忍無可忍了。卡密感到劍身憤怒地顫抖著，驅使著他的手臂。劍梢刺向惡棍的腳趾，插入左膝，等前後夾攻的人鬆手的時候，寶劍仍不可抑遏地痛打。寶瑟亮鞭打惡棍的臉，刺向露出的身體、肚子、腹股溝。第一個土匪已經在哀叫聲中逃跑，第二個差點被一劍砍死，也在呻吟中逃離。

為了紀念光明時期，卡密向他們大吼一聲勝利的歡呼，向寶瑟亮表達他的熱情，他們再度一起戰勝了惡敵。

太陽為什麼會熄滅？世界為什麼會進入黑暗時期呢？

突然，手臂從四面八方冒出來，抓住卡密，把他帶走。不久之後，他發現他在一個人類的面前，這人身上有一股酒精味。

『你為什麼要攻擊那些前來幫助你的人呢？』一個聲音大聲問。

『我只是要自衛，』卡密說：『那你又是誰，敢這樣對我？』

『你知道嗎？你差點要被垃圾車撞上，更別說摩托車、汽車。有人要幫你過馬路，你卻用白杖打人家。』

『什麼白杖？』

『殘障機構送給你的白杖。』

『寶瑟亮是神賜的。我在睡夢中得到的。』

『正視事實吧！您不能繼續這樣下去了，沒有第三次世界大戰，世界也沒有陷入黑暗時期的末世紀。』

一陣沉默。

『世界並沒有熄滅……是你的視力熄滅了。我是眼科醫生。你的視覺神經在一夜之間發生了我們所謂的「迅速衰退」，你已經變成……』

卡密希望不會聽到……

『……瞎子。』

都會獅子

這一切是在眾人不察的情況下發生的。一時之間，沒有人意識到這個變化。『動物農莊』，一個基改實驗室，早已因為用雜交的方式配出新種的寵物而頗有名氣。它的目錄裡面，包括有『黃金鼠鸚鵡』，牠能複誦牠所聽到的話。有『兔貓』，能像貓一樣發出呼嚕呼嚕聲。還有『馬鼠』，一種迷你馬，會在家具下面玩耍。

不過，『動物農莊』還有更驚人的一招：改良人類最親近的寵物，狗。到目前為止，愛犬人士特別喜歡挑選力氣大、忠心又兇猛的狗，像鬥牛犬或洛威拿犬。但是，一項調查發現，潛在的買主最希望他們要買的狗：

一、就像是一個朋友。

二、就像是一個讓別人害怕的朋友。

三、就像是一個朋友，既讓別人害怕但又聽主人的話。

四、能讓周圍的人訝異羨慕。

『動物農莊』細查這些回答，分析所有的因素，從這一調查中，得出結論：應該要把狗和堂堂萬獸之王——獅子配種，而不是和狼。

因此，研究人員分階段進行，依次逐漸結合狗－獅子，及獅子－狗。最後配種出來的結果，叫做狗獅。這動物有獅子的外表，有獅毛及獅子的尾巴，但卻是一張狗臉及狗叫聲。

狗獅子馬上就大紅起來。『動物農莊』的眼光很準：現今顧客感興趣的寵物，不再是狗，而是更風光、更引人注目的獅子。

『如果不用雜交的方式，而是直接引進獅子呢？』在一次策略思考會議當中，一位高級主管這麼建議。

『我們公司的強項是基因控制！』擔心股東利益的總經理不高興地說：『如果只是引進獅子，哪有什麼附加價值？』

這高級主管不慌不忙地說：

『這還是需要我們的技術，正常的獅子無法忍受我們的氣候及公寓生活。所以，我們可以操縱牠們的DNA，使牠們能適應西方都市的環境。』

『動物農莊』的生物研究菁英捲起袖子，動手工作，終於設計出一隻突變的獅子，不怕寒冷及緊張的環境，也不怕城市裡大部分的感染源。

很快地，動物農莊的都市獅子，又成為大眾寵愛的焦點。幼獅實在是太可愛了。牠們比幼犬更愛玩，比幼貓更毛茸茸，顯然是小朋友最自然的寵物。

首位牽獅子在街上炫耀的公眾人物，是總統本人。他很快就發現，帶著他那隻黑色的拉不拉多獵犬，已經沒有什麼分量了。身為國家的領袖，應該要配以萬獸之王。所以，一隻金褐色的獅子進駐總統府，讓牠主人更威上加威。

流行就這麼開始。現在，要讓身邊的人刮目相看，得要擁有一隻獅子。當然，獅子要買要養都比狗或貓花錢，可是，有了獅子，絕對不會落伍。巴黎的男男女女也公然和他們的小獅子或大獅子一起散步。

當然也有一些意外。一些沒教養的獅子肆無忌憚地拿某些狗來作為餐點。許多自以為是街頭老大的鬥牛犬，很快就發現了流行背後的黑暗面。還有，某些獅子偏好公貓，讓牠們的主人瞠目結舌，對獅子驚人的食量，一點辦法也沒有。這些壯碩的獅子嘴實在太饞了，經年累月在非洲內陸養成的習慣，很難在短短一個世代的時間內，就煙消雲散。

等到有孩童被獅子咬傷的時候，開始出現一些抱怨聲浪，但是，獅主協會馬上就組成一個有力的遊說團體，背後還有肉類企業的支持。一隻獅子一天隨便就可以吃掉十公斤的肉，肉商的獲利因此隨著大眾對獅子的寵愛而暴增。所以，護獅團體得以形成。所有限制販賣獅子或限制獅子在城市裡自由行動的法案，都在國會當中挫敗，國會議員一點也不想觸怒這些有組織的消費者兼選民。而且，面對既成的事實，司法運作總是如此緩慢，以至於所有的違法者最後要不就全身而退，要不就被罰一點小罰金，或甚至只是被警告一下，就得以開脫，連在鬧出人命的情況下也是如此。

當然，一開始，愛狗愛貓的人士（甚至是愛護兒童的團體）也有一些抗議聲，但是他們很快就變成少數。至於貓狗飼料製造商，他們遠不如肉類業者有錢，於是大自然中的掠奪現象，便活生生在獅子主人和較弱動物的主人之間上演，反獅子陣營活在恐懼害怕當中。

社會也逐漸隨著這一新局勢而重新組織起來。

路上行人的習慣開始改變。他們只要一看到鍊子綁著的獅子出現，就會保持一定的距離。他們快速穿過馬路，即使會碰上車子也不管，因為車子至少能被車主所駕馭。有些人乾脆都不走人行道，全都讓給獅子和牠的主人。鍊子也不再是強制規定的，反正綁了鍊子也沒效。當獅子撲向小狗或小孩的時候，您試試看怎麼制止牠吧。總之，獅子是野生動物，本來就會抗拒戴鍊子、套嘴，或穿可愛的小上衣。牠們喜歡赤裸威武地散步，喜歡大吼一聲或迅速一爪，就讓人俯首稱臣的感覺。所以，獅子的主人通常都不替獅子戴任何無用的配件，好讓他們的猛獸可以自由活動筋骨，或在牠高興的地方隨意大小便。有一天，一個不怕死的傢伙竟敢抗議說：『您至少也把您寵物的排泄物撿一撿吧！』從此，可以去蒙帕拿斯墓園參觀他的墳墓。據說遺體化妝師重新拼回他屍體的功夫，令人嘆為觀止。有人開始策劃獅子美容理髮院。正好，公獅子有一頭濃密的鬃毛，讓理髮師心花怒放。可以編成辮子、理平頭、燙成鬈髮，或綁成小馬尾。

育兒手冊建議不要讓兒童待在獅子附近。獅主協會抗議說：『這是誹謗！』法院急著要了結這個案子。況且，必須要承認，在寵獅身邊養小孩所發生的意外，實在很少。會發生意外，都是因為主人忘記餵食，或因為小孩想要玩獅子的鼻子。所有的獅子都不喜歡這樣。這很自然，因為獅子是貓科動物，所以，很獨立又善變，這也正是牠們迷人之處。

標示著『內有惡獅』的房子，也比寫『內有惡犬』的房子，更少被盜賊光顧。沒有人知道，到底有多少粗心大意的人或初學的宵小因此而成為獅子的佳餚，但是大家都承認，個人住家安全的確是大大提升。

在馬路上，有一幕表演成為眾所熟悉的戲碼，尤其是愛看熱鬧的人更不會放過。被鍊子牽著的獅子們相鬥，牠們的主人尖聲大叫：『趴下，寶貝，趴下來！』卻似乎反而讓牠們更興奮。

有人說，對喜歡晨跑的人來說，和獅子一起慢跑，比和小狗快步走，來得有趣多了。

對那些肯被鍊子牽著的獅子來說，這樣很好玩。獅子用力拉，讓人因此可以跑得更快、更久。這樣一來，也可以讓人避開其他帶獅子閒逛的人。唯一不方便之處是：累了或遇到紅燈時，無法煞車。

愛獅人士團體斬釘截鐵地說，擁有這樣的動物，會讓主人更有責任感。這話或許有幾分真實。狗主人可以隨便把狗綁在國道的一棵梧桐樹上，就拍拍屁股和家人安心地去度假，但是獅子的主人就無法這樣擺脫他的寵物了。我們常常在綁著空鍊子的樹幹附近，可以找到粗心主人的屍塊。

所以，在無法隨心所欲地擺脫礙人的寵物時，有些人乾脆選擇搬家，把舊家就這樣丟給獅子用。

一些孤零零的猛獸逐漸在城裡流浪。牠們成群結隊，追獵逗留的行人。人們開始考慮宵禁，來勸阻觀光客流連於照明不足的暗巷，或肉店多的地方。

會流行的東西，就會退流行。

經歷了獅子之後，眾人的焦點轉向比較低調的動物。為滿足說改就改的顧客心，『動物農莊』也改弦易轍。它的公關部門鼓勵女明星娜塔莎・安得森露面時，頸子都要掛有那條吊著十幾隻蠍子的項鍊。簡單的塑膠套子，就能讓她免遭蠍子致命毒刺的攻擊。

這一創舉大為成功。蠍子真的是公寓最佳的寵物。嬌小、體貼、不招人耳目、不貴，尤其是不吵人。這些都是獅子所沒有的優點。而且餵一點點東西就好了，兩隻蒼蠅、一隻蜘蛛，就夠牠們撐一個禮拜。小孩子看著牠們和背上的小蠍子在一起和樂融融。尤其尤其，拜牠們的毒液所賜——這是『動物農莊』的專利品——牠們成為唯一能幫您立即擺脫……獅子的寵物。

人性家具

『喂，該起床了，時候不早了。』

呂克嘀咕了兩句，轉了個身，然後一頭鑽到枕頭裡去。幾道陽光從百葉窗射進來，把房間映出一道道蒼白的微光。

『嗨，你沒聽到嗎？該起床了！』鬧鐘不死心地說，語氣也比較不客氣。

『好啦，好啦！』呂克抱怨著。

他心情惡劣地從床邊坐了起來。光線越來越強。他揉一揉浮腫的睡眼，起身，一腳一腳地穿上拖鞋。

『走，走，向前走！』拖鞋們一起哼哼唱唱。

蓬頭亂髮的呂克，任由拖鞋把他拖到廚房。

『早！』廚房的門大開，興匆匆地向他說。

『早，真高興看到你！』架上的各種廚具一起說。

真難想像，以前他竟然會覺得這種體貼很受用。

『一大杯拿鐵咖啡，還有吐司麵包加果醬，一定會讓你活力充沛，精神百倍！』椅子一邊愉快地自己拉開，一邊說。

呂克越來越難忍受這些殷勤的用具。這種時興的親切，變得讓人承受不起。他的公寓的確是井然有序，成套的吸塵器，及其他電動掃把，讓整個屋子從地板到天花板都閃閃發光。他的洗衣機及志同道合的洗衣籃，固定時間會把數公斤洗得香噴噴的衣服吐出來，然後蒸氣熨斗會來回燙個十下，一邊吹著貝多芬的第九號交響曲。

拜縮小化電器之賜，現在可以隨處安裝麥克風及聲音合成器。人性化的器具，是為了讓生活更愉悅，因為如今發現，有越來越多人是獨居的。但是，現在這樣也未免太離譜了！連最微不足道的用具，最後都自己自行其事起來了。襯衫自己扣起釦子來。領帶如蛇般盤旋在你的脖子上，電視及立體音響為了該由誰來取悅屋主而吵個不停。

呂克有時甚至開始懷念那些沉默的老東西。上面有著on/off按鈕的東西。現在只能在古董店裡才找得到：有著金屬鈴聲的發條鬧鐘、吱吱作響的門、遲鈍而不具威脅的拖鞋。總之，就是那些不會像猴子般模仿生命的東西。

呂克被鍋子小滑輪的吱嘎聲拉回現實。鍋子的活動手把一個動作，就拿了個雞蛋，然後打了蛋丟到油裡。鍋子後面，熱咖啡正倒到一個杯子裡。

『哥倫比亞咖啡好了！』冒著煙的咖啡杯宣布說，一邊唱起安地斯山脈長笛曲。

『荷包蛋是哪一位的？』盤子問。

『給呂克的！』刀叉回答，一邊排在盤子附近。

餐巾跳到呂克的脖子上，呂克皺了皺眉頭。如果繼續這樣下去，誰知道哪一天餐巾會不會把他勒死。呂克為了報復，在上面弄得髒兮兮的。餐巾沒有很生氣。在一角的洗衣機眼巴巴地望著沾上蛋黃的那塊餐巾。

『好喝嗎？』對自己很滿意的咖啡機問。

沒有下文。咖啡機感覺得出來不需要再一杯，所以就氣喘吁吁地放出蒸氣。

『您不喜歡您的早餐嗎？』柳丁榨汁機問，一副憂心忡忡的管家模樣。

呂克突然站了起來，面紅耳赤。生廚房用具的氣，實在是荒唐可笑又白費力氣，但是他已經受夠了。這天早上，這些東西讓他抓狂。

『別——吵——了！』

一陣沉重的寧靜。

『好啦，各位，就別煩他了，呂克喜歡靜靜地吃飯。』烤麵包機說，一邊在一片烤黃的土司上，塗著植物奶油及果醬。

突然，收音機大聲嚷嚷起來：

『現在播報新聞，先為您帶來氣象報告。』

『閉嘴！』呂克大叫，狠狠地瞪著收音機，收音機趕緊閉嘴。

但是，輪到電視了：

『各位早。你們應該還在用早餐，我希望你們……』容光煥發的主持人高聲說。

呂克把電視插頭拔起來。還好，收音機和電視還算老舊，所以還可以用手拔掉插頭。新一代的產品，擁有使用度無限的電池，鑲在金屬裡面，甚至連拿都拿不出來。

呂克大聲地嚼著，享受著烤麵包機提議的小憩。

『謝謝你，烤麵包機。』他說，然後回到他的房間。

『不客氣，呂克，我知道不順心的早上是什麼感覺。』

呂克根本沒有在聽。器具說的句子，都是預先錄在磁帶上的。電腦系統藉著模仿人的對話來以假亂真。開始的時候，這些對話很簡單，像是：『是，不是，請，謝謝，對不起』，但是，內容逐漸地變得越來越複雜。它們會說：『明天又是全新的一天。』『別擔心，事情會好轉。』『別那麼認真，不值得為這種小事生氣。』『天氣似乎在轉晴。』等等各種中性的句子，最適合用來安慰心情低潮的人。『更貼心，更人性』正是這些器具製造商的座右銘。

『這些會說話的東西，讓我煩死了。』呂克喃喃低語。

『門鈴響了！』顯像對講機即刻說：（因為呂克沒有回答，所以它又更大聲地叫了起來。）『有訪客，電鈴響了！』

『我知道啦！』呂克說。

『要回還是要錄音？』對講機問。

『是誰？』

『一個滿年輕的女人。』

『她長得怎麼樣？』

『很可愛，跟你的前妻有點像。』對講機說。

『這不重要。可能又是一個瘋女人。好吧，接給我。』

一張臉出現在螢幕上。

『請問是呂克・維藍先生嗎？』

『是的。有什麼事嗎？』

『我叫做喬安娜‧哈頓。我是來做訪談調查的。』

『什麼調查?』

『我們在進行一項研究,讓女性色情機器人的對話句子更為細緻。』

對講機的攝影機緩慢地拉近她的胸部,好豐滿碩大的胸部。

呂克對攝影機這個主動的動作有點尷尬,但是,他必須承認,這正是他所感興趣的細節。

『我在樓下。我可以上樓來嗎?』

呂克摸摸下巴。他很後悔沒好好刮鬍子。前夜,他才摔爛了他的電動刮鬍刀,誰叫它想要在他吃早餐的時候給他刮鬍子。他該買個新的刮鬍刀了。

『好,請進來!』

金髮女郎其實是個盜賊。門一開,她手持一把槍,很快就制伏了這個太大意的男子。

三分鐘之後,女訪客把呂克‧維藍綁在椅子上,忙著搜括他家。

『維藍先生,看吧,沒有了保全門和對講機攝影機的保護,人就沒那麼滑頭了。』喬安娜‧哈頓暗諷著。近看這女人,她的胸部比螢幕上來得更美。

她抓住烤麵包機,丟入一個大袋子裡,然後又拿走了咖啡機。

『救命呀！』驚慌失措的咖啡機大喊。

『咦，這不就是新品種的機器，可以做出很好喝的哥倫比亞咖啡嗎？』

『對呀。』維藍勉強地回答。

『啊！』她大叫。

走廊的門夾到她的手指。

她用力一踹，把門踢飛了出去。

『別這樣，這只不過是個東西。』呂克說。

『所以，沒有生命的東西，還是有感情？』她嘆了一口氣，同時抓住一台錄放影機。

『警察會來。』呂克警告。

『沒什麼好擔心，對講機呼叫他們時，他們才會來。我已經把線拔掉了。』

的確，可憐的對講機白撥了半天警察局或消防隊的號碼，它連自己被拔掉了電線都沒發現。

『對不起，呂克。』它試了好幾次之後，喘氣地說。

『別擔心，呂克，我們會想辦法救你。』椅子偷偷告訴他。

事實上，椅子開始震動著，繩子因此鬆綁。

然後，一把小折刀走近綁手的繩子。

『噓，是我。裝作沒事的樣子。』

小折刀不出聲音地割著繩結。

喬安娜走近動也不動的呂克，諷刺的一笑，把臉擺在離他幾公分的地方。這麼近的距離，他可以聞到她的香水味及汗味。她要對他做什麼呢？她又更靠近了點，然後給他一個很長、很深、很頹喪的一吻。

『多謝了。』她離開時輕聲說。

他突然搖了一下椅子。就在這個時候，刀子割斷了繩子，讓繩子從背後掉下來。呂克往前摔了個筋斗，跌得不省人事。

等他醒來的時候，他感覺頭上腫了個包包。他看到被洗劫一空的公寓。門被弄掉，烤麵包機不見了、咖啡機不見了、鬧鐘也不見了，連聲音也不見了。他孤零零的一個人。他應該要感謝這個女盜賊，幫他擺脫了那些令人厭惡的人性器具，還是應該對那些試圖救他的用具，感到後悔莫及呢？

他必須要出門。畢竟，他無法忍受這種空無一物的感覺、無法忍受這種沉默。他吃力站了起來，拎了外套出門。

他到樓下的咖啡店。這地方讓人感到很親切溫暖。

『老兄，你怎麼看起來不太對勁？』吧台老闆說。他是一個蓄著鬍子、滿身啤酒味的大塊頭。

『對呀，我希望某件事情發生，結果等真的發生了，我反而很後悔。』

『你希望發生什麼事？』

『不再依賴任何用具。』

他屁股下的那張椅子噗哧一笑，這一笑，很快地傳染給酒吧所有的用具，及其他顧客。

『你家什麼用具都沒有了？』

『被偷走了。』

『這麼說，你應該會覺得很孤獨。我瞭解你的悲傷，來，我請你吃花生。』花生販賣器說。它自己把一歐元硬幣放入投幣孔，慷慨地拿給他滿滿的一杯花生。

『有人說，不論什麼東西都不能讓人真正快樂。我可不這麼認為。』倒糖機喃喃地說。

『我也不這麼認為。』煙灰缸很肯定地說。

心情低落的呂克，一言不發。他連看都不看花生一眼，一個人拖著腳步走向大掛鐘：

『所以，沒有生命的東西，還是有感情囉？』

出他意料之外，大掛鐘好像醒了過來。它發出喀啦一聲，用女性甜美的聲音回答他：

『我想是沒有。先生，我們只是微不足道的東西，沒什麼創意的工程師設計出來的小玩意兒。我們只不過是電子用品，沒有什麼感情在裡面，完全沒有。』

『Yes，』唱片點唱機說：『我們只是程式設計好的機器，只是機器而已。』

然後點唱機放一首很悲傷的紐奧良爵士老歌，讓壞掉的老掛鐘及架上大部分的威士忌瓶都潸然淚下。似乎所有的酒吧用品都很鬱卒。不對，呂克‧維藍重新振作起來。它們沒有感情。

他離開咖啡廳時，發現在他面前，是那個今天早上才到他家搶劫的金髮女郎。好大膽！她把他家洗劫一空之後，還敢在這附近溜達。他怒火中燒。但是他的嘴唇還記得那一吻。他突然覺得一定要跟她說話，就追上那年輕女子，一把抓住她的肩膀。她大吃一驚，但在認出呂克之後，似乎一臉放心。

『妳總不會在眾目睽睽之下，拔出手槍吧？』他向她說。

『我不會，但是它很難說。』

一點動靜也沒有。左輪槍正靜靜地睡在她的口袋裡。

呂克疑惑起來。他該不該強迫她跟他一起去最近的警察局呢？

『妳拿走那些東西，我不怪妳，我甚至有點感激妳。妳的那一吻……』他說。

『那一吻怎樣？』年輕女子不耐煩起來。

呂克猶豫著。他沒有習慣在馬路上搭訕女人，但是必須說，今天的情況很特殊。

她放聲大笑，把他按在牆上，用力壓住他的肩膀。當她突然抓住他的領口時，呂克在想，真不知追上她是不是明智之舉。她硬生生扯下他的襯衫，暴露出他的胸膛。他實在是太吃驚了，連動都不敢動一下，他只是盯著看那女人的手往他胸前撲過來。

呂克的皮膚被撕裂了。他以為自己就要死了，但是沒有一滴血從他的胸部流出。她打開在他胸毛稀疏的表皮裡的一個活門，取出一個人工心臟。

『你以為這個東西可以讓你有感情嗎？』她一邊叫，一邊把人工心臟放在他手上。

『好個輕浮的傢伙！在我眼前的這個機器，竟敢對機器說長說短！所以，沒有生命的東西，你們有感情嗎？真正該問的問題是：機器人，你們有感情嗎？』她盯著跳動的紅色器官，在呂克的手掌上發出滋滋聲：

『沒什麼好自大，也不用自以為與眾不同。這是很普通的款式，這只不過是一個水利鐘做的心臟。』

她拿起心臟，放回他的胸腔活門裡，用力一關。然後，在臉色難看的呂克面前，溫柔地撥弄著他的頭髮。

『我也是，我身體裡面也有一顆一模一樣的。地球上已經很久沒有活的有機體了。』她解釋說：『我們都是機器人，自以為是有生命的人，因為我們的腦袋被設計成要這麼相信。但是，你和花生販賣機唯一不同之處，在於你會做夢。醒醒吧！』

溫情綿綿的集權主義

第五頻道，社會學節目：『世紀經典』。親愛的觀眾朋友，在今天的前瞻社會學節目裡，我們要談歐威爾的《一九八四》這本書。這位英國作家在裡面描述了他所想像的人類未來：一個集權主義的社會，每個人都被迫用同一模式思考。然而，今天，一九八四年六月二十四日，我們不得不說，歐威爾大錯特錯。在我們民主國家下的公民，才不會接受任何官方的宣傳洗腦，並沒有任何勞改營在等待我們反叛的知識份子，我們的街道上也沒有任何的攝影機在監視。是的，歐威爾錯了。

第二頻道，文學節目：這一集的節目主題是『改變時代的想法』，我們將邀請到，法蘭西學院院士，尚皮耶•波那修。我必須承認，尚皮耶，重新查看過資料檔案之後，我很驚訝的發現，在這個存在了五十年的節目裡，您是我攝影棚內最常接待的作家。也算是一種榮譽吧。您新出的這本書，書名很簡單，就叫做《寶貝們》，在裡面，您提到年輕時的幾段感情，還有那些您愛過的女子讓人議論紛紛的事。我說尚皮耶呀，您實在是個大混蛋。光看您的書，我們可以說，您對任何性經驗、任何高難度的性動作，都不排斥。跟我們解釋一下，如何能做一個作家、作家的兒子、作家的孫子、『新聞日報』的社論主筆、最佳小說大獎的評審、大樂紅出版社叢書主編，同時又是……獵豔高手呢？

第四頻道，談話節目：嗨，各位觀眾朋友大家好。我們是最反傳統的頻道，我們不怕忤逆制度規矩，揭穿官腔官調的面具。我們都很年輕，都敢大聲嘲笑所有那些LKK的東東。今天，我們要跟你們聊一聊一本不是蓋的大師之作。照過來，阿貝，照過來，老弟，照封面。我要談的當然是《寶貝們》，尚皮耶・波那修的最新力作。哇塞，真的是顆強力原子彈，每一頁都是一個高潮！聽說這會讓老頑固氣得咬牙切齒，那更好，加油，尚皮耶，我們都挺你啦！這很可悲，但事情就是如此：只要思想自由的人，一自由地講到性，馬上就有一些死腦筋的人要求要回到過去的審查制度。我們第四頻道的人要說：太棒了，加油，尚皮耶。另外，如果你在聽我的節目，我一定要告訴你，我特別欣賞你寫換妻俱樂部的那一章。這傢伙一個晚上操了十幾個模特兒！哇塞，太厲害了！一改我們那種積滿灰塵的文學，好好玩。總之，在第四頻道，觀眾朋友們，我們現在就告訴你，欲知詳情，趕快去讀本氣死老頑固的書：《寶貝們》，大樂紅出版，真的很讚喔！

第一頻道，新聞。最後，我們利用休閒新聞的時間，跟您介紹一本好書，這是法蘭西院士尚皮耶・波那修的新書，書名是《寶貝們》。在這本書裡面，作者一貫的細膩筆觸，讓我們重溫一段非常放浪形骸的經歷。我們可從書中看到他去過所有的換妻俱樂部，他列敘的過程中充滿幽默和個人風格。再翻一頁，可以發現到，這位優秀的作家喜歡抽雪茄，一邊讓小姐幫他手淫。書裡面的文字還更露骨，就算是在這個時段，我也不想讓觀眾朋友被這些淫蕩之詞搔弄得臉紅心跳。高齡九十八歲的尚皮耶・波那修，依然是暢銷排行榜的常勝軍。書才剛出，就搶購一空。今晚，電影播放完之後，我們將會對這位偉大的作家來個回顧展，看他如何將一生奉獻給雪茄、女人、名車，特別是法國文學，因為他也是法國文壇最閃耀的作家之一。《寶貝們》，大樂紅出版，一百一十法郎。

第三頻道，本日社會新聞。一名生物系學生貝通・阿賈緬自殺身亡。他寫過《白衣笨蛋的陰謀》一書，這本有關人體複製的科幻小說，巴黎所有的出版社都拒絕出版。在留給他母親的遺書當中，他說他很厭煩這個無情無知的世界。他的母親也決定要對付出版界，讓她兒子的作品，得以翻身。或許，這個悲劇性的死亡，終於為他打開了大門。

第七頻道，新聞。總統要請一個星期的假，今年，他選擇在巴斯克岸和家人一起度假。第七頻道藉此為您獨家專訪到總統本人。

『總統先生，經過多風多雨的這一年，您終於可以好好休息了。可否告訴我們，您帶了什麼書消遣？』

『我也需要休息，難得我沒有帶公文，而是一本小說。我選擇了尚皮耶・波那修備受爭議的新書《寶貝們》。』

『可以跟我們說說為什麼嗎？』

『波那修這一路走來，打從一開始的時候，我就有在注意，那時他還沒有現在這麼紅。後來我們成為好朋友，他常來總統府吃飯。我一直很欣賞他的心直口快、他的想像力。我很喜歡他的風格。我每天都看他在新聞報的專欄，他的東西很讓人耳目一新。』

『但是您會不會覺得當中有些段落有點讓人反感？』

『不要斷章取義。這本來就是我們一般常見的語言，一個備受肯定的作家，應該要有點勇氣，像他的讀者一樣，用這種語言去表達。至於我呢，我不像那些心胸狹隘的傢伙，會去詆毀波那修的作品。相反的，我全心支持他，不管如何，我都會是他忠實的讀者。就讓我引用他最喜歡說的一句話：「我也是個思想叛逆的人。」』

『再耽誤您一點寶貴的時間，總統先生，您對這次的罷工造成……』

『啊，就先聊到這兒吧。那個部分請去問總理……』

第八頻道，新聞節目。大家對尚皮耶・波那修的書議論紛紛。一個婦女團體憤怒地湧入一家書店，揭發她們所謂的『一個眾所公認的男性優越論者，藉報告的手法，來往自己臉上貼金』。她們痛斥《寶貝們》，及裡面的語言，她們認為實在是太鄙俗、太露骨。的確，作者毫無保留地描述一邊抽雪茄、喝威士忌，一邊口交的場景。總之，這位著名的法蘭西院士的大作所造成的風風雨雨，只會對《寶貝們》有利，因為這本書在短短兩個星期之內，就創下超過百萬本的銷售紀錄。

但是，我們還是來聽聽當事人對這點有什麼看法。請尚皮耶•波那修本人來現身說法。

『在現在這段蕭條停滯的時期，大家都想聽到一點愛的聲音。媒體不斷報導死亡、戰爭、暴行、意外事故，讓大家都很厭煩。瘋牛症、愛滋病……多謝了。我呢，透過我個人過去的點點滴滴，我要讓我的讀者心情愉快。裡面猥褻的情節惹火了衛道人士，那就算了，我也不在乎。我是個叛逆的傢伙，合得來就合得來，合不來就算了。現在，如果有什麼建議要給大家的話，就是：學學我吧，去體驗一下最極端的經驗，你們就會發現，實在是太正點了。』

第九頻道，新聞。罷工把全國上下都癱瘓了，上百萬憤怒的乘客不耐煩地在火車站及飛機場枯等，而氣瘋的車主，因為沒有油了，把車子丟在高速公路上。還有，新兵勉勉強強地替代要求加薪的道路清潔工。好，現在交給現場的記者菲利•勒胡，請說。

『是的，逢司瓦，我現在的位置是在蒙帕納斯火車站的月台上，跟我在一起的是安潔麗，一個十八歲的學生，急著要搭火車回家度週末。請問等待的時候，妳都怎麼打發時間？』

『看書。我在書攤關門前，買了最後一本的《寶貝們》。剛開始，我覺得有點噁心，但是，最後我發現這是一本偉大的小說。我本來以為經典作家都是正經八百的無聊人士，但是這個人竟然是個獵豔高手。有一段，他還花了整整兩頁描述一個女生的胸部，讀到後來才發現，竟然是個巴西變性人，實在是滿令人驚訝的。』

百年之後。

第二頻道，文學節目。『世紀經典』。今天是我們這個節目的一百五十週年慶，我們決定要談一部偉大的作品，貝通・阿賈緬的《白衣笨蛋的陰謀》。我們請到這個世代最有天分的傳記作家，他也是貝通・阿賈緬一生及作品的詮釋者，歡迎亞歷山・波那修。可惜的是，我們沒有任何貝通・阿賈緬的影像或訪談，但是您，您曾經有幸遇到他的曾曾堂妹。

『是的，她把她那有名的親戚的一切事跡統統告訴了我。貝通・阿賈緬是一個能預見未來的先知。他瞭解到，複製人類將會帶來天翻地覆的影響。他試著要警告大家，但是沒有一家出版社願意替一個不知名的作家出書。他於是絕望到自盡以終。他死了之後，他的母親自費讓書出版，但是，在這種情況之下，出書之後，完全沒有被人注意。』

『真是不可思議，反觀今天，所有的學校都要讀他的書，而且學生對裡面的章節，都可以背得滾瓜爛熟。』

『當時，沒有一個文學評論提到他，甚至連批評的聲音也沒有。』

『您如何解釋這一點？』

『對他們而言，這只不過是本科幻小說，這種小說被知識份子視為二流的文學。這是「鬆散共識」的墮性。然而，阿賈緬卻是一個偉大的作家。他的風格清晰，不鋪張、不矯揉造作。他用一種流暢、簡單、直接的語言來闡述他的想法。而且，他不只是作家，他還是預言家。他瞭解他的時代，以及基因操縱引入日常生活所造成的問題。』

『舉個例子說？』

『譬如他在《白衣笨蛋的陰謀》一書當中提到，一些父母複製他們的小孩，以便發生意外時，可以有完全相容的器官可用。這些複製品，可用來做醫學實驗，取代過去的猩猩或白老鼠。他甚至描述政客是如何混淆視聽地保證說，下次戰爭的時候，複製人可以成為取之不竭、用之不盡的兵源。沒有人讀過《白衣笨蛋的陰謀》。所以，大家讓人類複製的實驗得以繼續下去，沒有人覺得有什麼不對勁的。』

『有點像是在模糊焦點？』

『像在變魔術一樣。趁注意力分散到左邊時，在沒人注意到的右邊進行操作。想想看，只要在一本週刊上寫一篇文章，或電視報導一下，這本書就可以一飛沖天呀！這是顆炸藥。一點火星，就足以讓它爆炸。可惜的是，這卻是在五十年之後，當複製問題變得很嚴重的時候，我們才發現到它，有個記者碰巧在舊書商那裡看到尚存幾本。這記者興奮不已，終於寫了一篇文章，然後，一個星期之後，《白衣笨蛋的陰謀》在全球大紅大紫。』

『告訴我，貝通．阿賈緬的母親後來如何？』

『她兒子的自殺令她崩潰。她千辛萬苦讓他的書出版之後，因為沒有任何的讀者反應，讓她沮喪之極。她的精神越來越不正常，四年之後，死在監禁她的精神病院裡。所以，她沒有看到她兒子的成功。』

『親愛的亞歷山．波那修，您蒐集了貝通．阿賈緬短短一生的所有軼事，所有的生活細節，可以說是完成了一樁大工程。』

『我的每一部傳記，都是我徹底研究的結果，只要我們對貝通．阿賈緬稍有認識，就會覺得他真的是一個標準的小說人物。一個很敏感、討人喜歡，或許有點內向的男孩子，但這是因為他懷有一個十分豐富的內在世界。這也是我透過我的書，想要傳達的東西。而且，貝通．阿賈緬也不是死後才被挖掘出來的唯一一個例子。斯湯達爾在世的時候，只賣出了兩百本的《紅與黑》，而且只有巴爾札克為他寫過一篇文學批評！諺語說得好：聖人指月亮，笨蛋看手指。』

『謝謝。我們強力建議您買亞歷山．波那修的這本書，裡面詳細描述了世紀大文豪貝通．阿賈緬的一生。我知道這本傳記的印刷量數量大得驚人，恭喜您，您的祖先會以您為榮。』

『我認為最重要的是，一個被所處時代誤解的作家，終於得以雪洗名聲了。大家能去讀、去瞭解他要傳達的訊息，我就很滿足了。』

『如果您要想更瞭解貝通．阿賈緬的生平及作品，在各大書店都有賣這本波那修鉅細靡遺的傳記：《阿賈緬，處在笨蛋世代的一個先見者》，大樂紅出版，一百一十歐元。』

證樹

雲漸漸消散，而我沉思著。
在我記憶的深處，我從來沒有忘過你。
我曾經如此愛你……

三個好朋友，提著小提琴黑色的皮琴盒，在建築物前相見。一個是棕色頭髮的，一個是金色頭髮的，一個是紅棕色頭髮的。她們這時穿的是絨面高跟鞋，黑色的綢緞裙在兩邊開叉。

紅棕色頭髮的夏洛特，緊張地抓著小提琴盒，說：

『我好緊張喔。』

棕色頭髮的阿娜絲打了個顫。她接著說：

『我還不是。如果不成的話？』

至於金頭髮的瑪麗・娜塔莎，雖然她汗濕的手掌開始在小提琴盒的手把上留下痕跡，她仍試著表現出很鎮定的樣子。

『不管怎麼樣，我們已經不能回頭了。走吧。』

『萬一如果我漏掉什麼，妳們要提醒我喔，好嗎？』

『我們排練的時候，妳表現得很好。沒有任何差錯。妳不會出錯的。』

她們相互看了一眼，擠出笑容，互相鼓勵。

『我不喜歡考試。』阿娜絲咕噥著。

『尤其是這次，萬一失敗了，我們可是鹹魚難翻身。』愛挖苦的夏洛特更火上加油。

『但是如果我們就這樣放棄，我們永遠不會知道自己到底行不行。』瑪麗・娜塔莎總結說。

為了替大家壯膽，阿娜絲哼著一首史特勞斯的華爾滋：藍色多瑙河。

她們堅定地走進凡戴克與卡佩爾的珠寶店。

幾分鐘之後，四周響起即興創作的『抓住她們！抓住她們』詠歎調，旋律的部分，則是由大樓警報器來伴奏。

我知道有一天我將會消失，我所有的記憶也將隨之熄滅。

有時我覺得好累。

她們拿掉黑色的面罩。

『我們做到了！媽的！我們做到了！』

她們一起大笑出來，大喊勝利，把面具丟向天空，終於可以放下心上的那顆石頭。

她們像籃球選手射籃得分之後那樣互相擊掌，她們高興地相互擁抱。

現在，她們躲在森林裡，遠離她們所引起的騷動，她們老舊的四輪傳動登山車輕而易舉地就擺脫追捕者。

『拿我們的戰利品出來看看。』夏洛特說。

她們三個人都往前靠向阿娜絲手裡的羚羊皮袋子。阿娜絲打開袋子，露出一堆鑽石。

『真美！』

好一段時間，她們呆看著珠寶。

『我那時好害怕。』

『妳還記得嗎？那傢伙啟動警鈴時，妳差點來不及把最後一顆寶石傳給我們？』

事發才不到一個小時之前，她們就已經開始討論整個事情的經過，就像是經歷一場偉大戰役的老兵。

『也該分配戰利品了。』阿娜絲決定。

她們打開各自的小提琴盒，從裡面拿出珠寶商的窺孔放大鏡、拔毛用的小鑷子、羚羊皮小袋子。

一隻手伸到袋子裡。

『一個十二克拉的給夏洛特，一個十二克拉的給瑪麗．娜塔莎，一個十二克拉的給我。』

阿娜絲非常用心分配。每個人拿到各自的寶石，仔細的檢查，睜大雙眼欣賞著，然後小心翼翼地放在自己的小袋子中。

十二克拉之後，輪到十六克拉，然後是十八克拉。這些寶石稀有罕見，而且純度驚人。

『沒有一個傢伙能送給我這樣的珠寶。』

『有了這個，我們這一輩子都不用擔心了。』

『我呢，才不會把它們賣掉。只要鑲嵌起來，就可以做出最漂亮的項鍊。』

『我呢，我一半拿去鑲嵌，剩下的再說。』
阿娜絲繼續分配。
『一顆給夏洛特，一顆給瑪麗‧娜塔莎，一顆給我。』
『等一下，』瑪麗‧娜塔莎說：『妳是不是拿了兩顆？』
一陣沉默。每個人都用疑惑的眼光看著對方。
『什麼？』
『我覺得妳分給妳自己兩顆，而不是一顆。重算。』
阿娜絲檢查她的袋子，重算。
『妳說對了，很抱歉，剛才弄錯了。』
一時緊張的氣氛沖淡不少。
『妳該不會以為我是故意的吧？』
『妳當然不會是故意的。誰不會犯錯？』
四周蟋蟀的歌聲漸漸消失，天色也越來越暗。幾隻啣著蟲兒的鳥，返巢餵食待哺的小鳥，而越來越厚的雲層，悄悄潛入天際。

我第一次遇到阿娜絲的時候，她應該是七歲。這個小女孩，有著綠色的大眼睛，嫩粉紅色的嘴唇。

她那時身穿著黃色的毛葛裙，頭戴一大頂綁著絲帶的半透明帽子。

她站在我面前，盯著我看，一副討人喜歡的樣子。

她告訴我：『你呀，你不是隨隨便便的什麼人。我們得要談一談。』

這是真的。我不是『隨隨便便的什麼人』。

貓頭鷹發出呼號。夜幕開始低垂，她們在登山車的車燈照射下，完成寶石的分配。

『好了。現在我們可以回家，放鬆一下。』

夏洛特沒有像她的夥伴一樣那麼興致勃勃。

『有問題。這些寶石都有編號，所以很容易查出。』

『那要怎麼辦？』

『找個傢伙重新切割。』

『萬一他去檢舉我們呢？』

『我們不至於白忙一場吧。』

阿娜絲敲著拳頭。

『或許不會。我和一個珠寶專家交往過。他跟我說，在整整一年的時間裡，通常都會有人根據這一行專用的特殊清單，去清點珠寶。這段時間一過，珠寶就比較容易脫手。』

那三個女孩互相看著對方。

『在那之前呢？藏在床墊下嗎？』

『如果我們把珠寶放在家裡，就會很想賣掉。我呢，我提議把珠寶藏在這裡。然後，相約一年之後在這個林間空地見，一起取回我們的寶藏。』

一陣猶豫。

夏洛特伸出一張打開的手，手心向著天空：

『我同意。』

另外兩個女孩把她們的手放上去。

『我也同意。』

『好。』

『人人為我，我為人人。我們是三「黑狼」。妳們覺得這名字如何？我們帶著黑色面罩，而且躲在森林裡，不是嗎？』

她們有一段時間就這樣手搭著手。

『女狼們，那這些鑽石，我們要藏在哪裡呢？』

『不用傷腦筋了，就交給喬治。』

『喬治？』

她們把頭轉向他。

第二次碰到阿娜絲時，她告訴我：『我的祖父今天過世了。他跟你很像。他也是話不多。可是，我很喜歡他。我想是他的眼神在傳達一切。我感覺到他在認真聽我說話，而且他瞭解我。他叫做喬治。如果我也叫你喬治，你會不會介意？』

『喬治？』

『喬治是唯一的解決辦法。』阿娜絲堅持。

夏洛特噗哧一笑。

『妳真的覺得我們可以交給他？』

『嗯。他有耐心又很謹慎。最完美的共犯。他不會做出任何傷害我們的事。絕不會。』

對不對，喬治？』

瑪麗‧娜塔莎撩起她那金黃色的劉海，鄙夷地打量著他。

『這畢竟不過是……』

她笑了出來。

『好吧，有什麼不可以呢！』

於是，她們把戰利品交給喬治。

阿娜絲轉向他，說：

『謝謝你的體諒，喬治。』

然後，她吻了他。

第三次，阿娜絲偷偷跟我說，她的父母要她去看一個心理醫師。『有一次，我說我夢見你，你知道那醫生怎麼說嗎？她說這很不健康。夢到你，喬治，很不健康！什麼跟什麼嘛！』

三個女孩在森林裡，腳趾縫間都塞了棉花球以隔開趾頭。她們相互傳著一瓶黑灰色的指甲油。

時值夏天，天氣很熱，她們決定要穿高跟涼鞋。

『我們將會是第一群這麼在意外表的強盜。』阿娜絲開玩笑說。

她們噴上香水，調整裙子，把面罩及手槍放在小提琴盒裡面，然後上車。

幾分鐘之後，在一間夏提葉的專櫃店裡，阿娜絲一聲令下：

『全部給我趴下！』

瑪麗・娜塔莎朝向天花板開了一槍。

她們比第一次更為熟練，在珠寶店的大廳三角形排開，兩腿微張，站穩地面，手掌緊握住手槍。

『喂！小心後面！』

阿娜絲衝過去，看到那人。她還來不及攔住他，那人就已經按下警鈴。

『快走！騎兵隊很快就要來了！』

　　我不知道她為什麼想要用刀割傷我。當時是一個晴朗優美的早晨，阿娜絲對我這麼說：

『喬治，我想要加深我倆的盟約。』

她亮出一把做菜用的長刀，把刀靠在我的臉上，她還是那副惹人心疼的樣子。

然後，她劃破我的肉。

我很痛很痛。我知道，或許我一輩子都會留下這道刀痕。但是我什麼都不敢說。她這麼做沒有惡意。

夏洛特和阿娜絲從登山車的車窗砰砰放槍，而瑪麗・娜塔莎咬緊牙根，堅定地開著車。

『快點，條子要追上我們了！』

『瞄準輪胎。』

一陣嘎吱聲後，是爆炸聲。

『太棒了！』

『還有其他的！』

『天呀，這是一個圈套，他們真的要拿下我們。』

瑪麗・娜塔莎繞了好幾個拐彎，然後突然右轉進一條小路，她們必須要把警察甩開。

一陣子過後，她終於可以鬆腳了，一切似乎顯得很平靜，那台老登山車停在森林裡。

『呼，好險。』

女狼們下了車，看了一眼四周，開始打開裝著鑽石的袋子。她們圍成一圈坐下來，並沒有去數鑽石。

『喬治累積的財富越來越可觀囉！』

『大約值三到四百萬歐元。我們竟然還不能去碰。』

『相信我，最好理智一點。現在，姊妹們，今天晚上我媽家裡有辦舞會，我們乘機放鬆一下。而且，我們已經穿上晚宴服了！』

『會有男生嗎？』

『會有全世界最帥的男生。』

阿娜絲，唉，我的小阿娜絲。

我記得第一次妳來到這裡，跟我介紹妳的一個朋友。我想他是妳的第一個戀人。妳叫他亞歷山・皮耶。

妳告訴他說：『不要嫉妒，亞歷山・皮耶，他是喬治。就算我們相愛，你也必須知道他的存在，他對我很重要。喬治是我的知己，喬治是我最好的朋友。』

他鄙夷地看著我。我從來都不信任有雙名的人，像什麼尚・米歇爾或亞歷山・皮耶。我認為，這表示他們的父母希望他們同時有第一個名字的一點個性，又有第二個名字的一點個性，他們不知道怎樣在兩者之間作選擇。他們希望有亞歷山傲慢自負、雄心勃勃的一面，同時又有皮耶單純的一面。所以雙名通常會造成雙面人。就像瑪麗・娜塔莎，一面是聖女，另一面是蕩婦。我有沒有叫做喬治・凱文呀？

阿娜絲及亞歷山・皮耶在我腳下做愛。我想阿娜絲是故意在我面前玩耍，為了要嘲笑我。

史特勞斯的音樂。維也納圓舞曲。

那三個女孩和她們的舞伴輕快地旋轉著，然後氣喘吁吁地回到餐台啜飲加了冰塊和檸檬片的紅色馬丁尼。

『唉，男人呀！』阿娜絲說。

『是呀，男人。』瑪麗・娜塔莎贊同地說。

『打從幼稚園的時候，他們就已經是這麼的……可預期。』

她們爆出笑聲。

『男孩子呀，逃不出我們的手掌心。』

『這也是為什麼我跟瑪麗蓮夢露一樣，比較喜歡鑽石。鑽石得之不易，卻從來不會令人失望。』

她們笑著，大廳裡所有的目光都被她們吸引，她們是如此地清新，令人愉悅。

阿娜絲的母親到了，身邊陪伴著一個禿頭的胖男人。

阿娜絲悄悄地說：

『妳們快躲起來吧，我媽來了。』

『妳要不要來親一下妳叔叔伊奇多？』阿娜絲的母親說。

女孩在他臉頰上親了一下。

『叔叔好。這是我媽，這是我叔叔伊奇多，這兩個是我的朋友瑪麗・娜塔莎和夏洛特。我的好叔叔，你還是《現代觀察者》的科學記者嗎？你最近在研究什麼，是征服太空、人類起源、大腦的運作機制，還是抗癌的奇蹟妙方？』

『都不是。我最近感興趣的，是和植物的溝通。』

『植物？』

『對，近來我們發現，植物之間會透過散發氣味來互相溝通。』

『有趣。說來聽聽。』

『在非洲，牧羊人碰到一個問題：他們把山羊關在一個帶刺植物的籬笆內的話，山羊會生病。他們最後才發現，假如有一株刺檜被山羊啃掉它的嫩芽，它就會警告其他刺檜。被啃食的刺檜會立即散發出一個有氣味的訊息，其他刺檜就把它們分泌的汁液，變成是有毒的。』

伊奇多叔叔拿起一朵花瓶裡的花。

『還不只如此。植物不僅僅會散發訊號，還會接收訊號。這朵花因為聽到史特勞斯的音樂而發出細緻的香味，但是如果是重搖滾樂，它就會散發出另一種氣味。』

『植物對音樂竟然這麼敏感？』阿娜絲驚訝地問。

『它們對所有的東西都很敏感。』

瑪麗・娜塔莎揚起眉毛，一臉懷疑。

阿娜絲決定把事情弄個清楚。她從弦樂四重奏那裡找來一把小提琴，開始拉些不協調的音。每個人都把耳朵摀住，然後他們看著那朵花。

『你在胡說八道，伊奇多叔叔，這朵花連根花蕊都沒有動。』

『必須要更長的時間才行，這種生命形態的反應速度十分緩慢。』

瑪麗・娜塔莎一副嘲笑的樣子。

『這麼說，你在報上都是寫這種玩意兒囉？』

伊奇多耐心的說：

『我要讓讀者去發現一些他們不知道的主題。讓他們對一些新的觀點做思考。』

『但是這個呀，什麼會聽音樂的植物，根本是胡扯。你該不會是吸大麻吸昏了頭吧？』

阿娜絲對她朋友的反應有點吃驚，怕雙方僵持不下，她抓住叔叔的手，把他拉向舞池。

『來吧，伊奇多，和我跳一曲華爾滋吧，但是別像上次那樣踩我的腳！』

我好老。

我直到四十二歲的時候，才開始問自己一些問題。

我是誰？

為什麼生下了我？

我在地球上的任務是什麼？

有沒有可能在一生當中，完成某種有趣的東西？

細微的斷裂聲。有人來了，是瑪麗・娜塔莎。

她來拿裝珠寶的小袋子。她仔細檢查著，雙手沾滿鑽石粉塵的光澤，然後，十分滿意地把那些小袋子裝入她的背包裡。

不可以，妳不能這樣！不可以拿這些不屬於妳的鑽石，妳不可以這樣，裡面也有阿娜絲的鑽石。

她向喬治做了個致敬的動作。

可惡！

『把東西放下，手舉起來！』

瑪麗・娜塔莎猶豫了一下，目光滑向旁邊，然後決定服從阿娜絲的命令。

『把鑽石放回原處。』

瑪麗・娜塔莎把鑽石還給喬治。然後她轉身，兩手還高舉著。

『妳現在打算怎麼辦？妳很清楚，如果妳放我走，我會再回來。』金髮的女孩說。

『妳也把手舉起來。』她背後另外一個聲音說。

阿娜絲沒有轉身。

『把槍放下。』

她不服從。

夏洛特瞄準阿娜絲，阿娜絲瞄準瑪麗・娜塔莎。

『我一直把妳們當作可以信賴的朋友，但我發現，實在不能信任妳們。』夏洛特嘆了口氣。

我好害怕。阿娜絲，小心，她們是心狠手辣的人。

瑪麗・娜塔莎彎下身來，從腳踝處拿出一把小手槍。其他兩個還來不及反應，她就轉過身來，瞄準夏洛特。

『這樣，我們就平手了。』她說。

她們往後退，互相瞄準對方，形成一個完美的等邊三角形。

『現在怎麼樣呢？要不要拿出撲克牌，用鑽石來賭牌？』

『我們之間只有在團結一致的時候，才可行。』阿娜絲說。

阿娜絲說得對。妳們都該聽她的話。

『大家都好好把武器收起來，恢復理智好不好？』阿娜絲提議。

沒有人動。

『我想這恐怕很難，某個東西被破壞了——信任感。』

『那我們該怎麼辦？』

一隻鷹飛過天際，發出一聲尖銳的叫聲。

『我們放下武器，一起討論。』

那三個女孩跪下來，把槍放在她們的面前。她們疑心重重地觀察彼此。

突然，瑪麗・娜塔莎又拿起武器，滾身，開槍，打傷阿娜絲。阿娜絲朝她開槍，但是沒有打中，而夏洛特則打到瑪麗・娜塔莎。

她們分散開來，在荊棘叢裡找躲避之處。槍聲四起。一陣尖叫聲從樹叢裡傳出。

阿娜絲爬到夏洛特那裡，她已經死了。

瑪麗‧娜塔莎乘機瞄準阿娜絲，但是她已經沒有子彈了。她想要裝彈藥的時候，阿娜絲低頭往前衝，把她的膝蓋抓住，讓她摔倒。

她們在矮樹叢裡翻滾著。水平的舞蹈。她們互打，互咬，互抓彼此的頭髮。

突然，一把刀子在瑪麗‧娜塔莎的手中閃爍著。

小心，阿娜絲！

阿娜絲踢了一腳，這一擊，讓她的對手往後傾。但是對方緊抓不放。這時，阿娜絲的眼光裡充滿錯愕，而瑪麗‧娜塔莎的眼光裡已經露出後悔之意。

阿娜絲低頭看自己的腹部，然後，跪了下去，手緊捧著傷口。

『很抱歉，不是妳就是我。』瑪麗‧娜塔莎說。

她往後退，然後逃跑了。

不！

阿娜絲緊握拳頭，爬向喬治。她痛苦地挺起來，喃喃說：

『喬治……幫我……』

她把握緊的手伸向她的朋友，把某個東西放在他的胸膛裡。

『替我報仇。』

然後她從上衣裡找出手機，撥了一個號碼。

『喂……警察局嗎……在楓……楓丹白露森林裡，四號路，一直到處女石，然後，走往喬安……喬安女士石的路。』

她倒了下去。

阿娜絲！！！

沒有了妳，我的生命就沒有意義了。

我的生命只剩下報仇了。

如果我可以的話，會的，我會替妳報仇。

三個星期之後，兩個警察出現了，他們中間架著瑪麗・娜塔莎，她的雙手銬著手銬。

一個警察問另外一個：

『長官，我們要做什麼？』

『我們是在這裡找到屍體。既然我們知道這女孩屬於黑狼幫，我希望能找到證據，證明是她殺了另外那兩個共犯。』

瑪麗・娜塔莎鄙夷地打量著這兩個警察。

『我是無辜的。』

『鑽石呀，最好不要偷，它們都有編號紀錄。但是呀，女人就是迷鑽石，鑽石讓她們犯下滔天大罪，她們偏要戴鑽石或賣鑽石。研究女人和鑽石的關係，一定很有趣。』警官說。

『或許是和追求完美有關。』警員推敲說：『長官，我們到底在找什麼？』

『證據。仔細看樹叢裡。』

『你們什麼也找不到。』瑪麗・娜塔莎聳聳肩膀說：『我要一個律師。』

就是她。她就是兇手。

要是我能幫他們就好了。可是該怎麼幫呢？

當一台越野小型卡車到達的時候，警官似乎鬆了一口氣。

『我就是需要這樣的人。』

有兩個人下了車。

其中一個，是個娃娃臉的胖男子，頭略禿，鼻上架著鍍金的小眼鏡。他檢查著現場，認出那年輕女孩。

他只說了聲：『妳好，瑪麗・娜塔莎。』

她點了一下下巴。

另有一個褐髮女人與那科學記者一道來。

『施維雅・菲黑侯博士。』他介紹他的同伴。

他請警察幫忙他卸下他們的器材。為了安全起見，瑪麗・娜塔莎一手自由，另一手用手銬銬在一根巨大的樹根上。

在警察的協助之下，伊奇多及他的女助手開始安置一張桌子，然後把好幾個帶有刻度盤的電子儀器連接上一台手提電腦。一大串電池替這些稀奇古怪的工具提供所需的電力。

『這麼一堆東西是要幹什麼？』嫌犯問。
『電流器是用來測量情緒的。也就是一般常拿來測謊的儀器。』
『你們想要讓我測謊？』瑪麗・娜塔莎冷靜地問。
『不是，不是妳。』伊奇多回答。
他指著她背後的東西。
『他。』
每個人都循著他的眼神，在猜他到底是指什麼，結果他指了個輪廓不規則的東西。
一棵樹木。
一棵老樹，彎彎曲曲的老樹。它的樹枝似乎靜止在一個複雜的瑜伽動作上。它的樹葉被風搔得沙沙作響。露出地面的根很長，讓它得以根深蒂固。
它的南面是淺灰色的，帶著一道道黑色褚色的線條。它的北面，在陰影及寒冷的覆蓋之下，青苔如皮膚病般的擴散。
青一塊紫一塊的樹皮上，到處是腫塊及疤痕。
一隻松鼠，察覺到人類往牠的方向看過來，趕緊跑到細枝的頂端；枝頭雖細，枝上的葉片卻寬大到足以接收陽光，進行光和作用。一隻山雀也開始擔心，怕人類對牠的鳥巢感到興趣：牠的蛋還沒有孵化。然而牠卻沒有因此而驚慌失措。畢竟人類已不再吃山雀的蛋了。牠在枝葉當中保持高度警覺，動也不動。

這是我的大日子。

施維雅・菲黑侯小心翼翼地把夾子插入樹皮裡。夾子金屬端的電線，接到帶著刻度表的儀器，儀器再連接到手提電腦上。

伊奇多不慌不忙地跟兩位警察解釋說，在一九八四年的時候，他的朋友，以色列特拉維夫大學的傑哈・侯森教授，一位專攻灌溉、抗沙漠化及植物行為的專家，發現到，植物對外界刺激是有反應的。

『他想到要把電極棒插在樹皮上，連接到對電阻的細微變化十分敏感的電流器上，來測量這些刺激對植物行為的影響。在聖經裡，有談到「燃燒的荊棘」，而他卻認為這其實是用來比喻「會說話的荊棘」。剛開始，在他最早的實驗裡，他讓花聽不同的音樂，從重搖滾樂到古典音樂都有。他因此發現，花喜歡韋瓦第的音樂。』

『怎麼證明這一點呢？』警察問，一副難以置信的樣子。

『就跟我們一樣。當我們在放鬆的狀態之下，我們所呈現的電阻是二十分之十。當我們很心平氣和的時候，就降到五，如果我們興奮起來，就升到十五。當侯森教授的植物聽到喜歡的音樂時，就會心平氣和，紀錄器上的指針就會降到十以下。當它們覺得受到攻擊，就可能升到最高值。彷彿它們被激怒，希望這些實驗操縱趕快停下來……接著，侯森教授想到要讓植物去接受各種變項。冷，熱，光，暗，電視。』

『但是植物並沒有眼睛呀！』警察驚訝地說。

『它們有它們自己感受周遭世界的方式。有一天，侯森教授把一棵刺檜連接上電極棒，正準備進行他的實驗時，一個不小心把自己給弄傷了。

『為了把事情搞清楚，傑哈・侯森切了一塊肉擺在附近，重做這個實驗。沒有反應。這樹似乎知道這塊肉已經死了。他把一朵花插入液態氧中。植物就有反應，升到十三。然後他又在近處把另一株植物丟到滾燙的水裡去：十四。他把酵母放入滾水中：十二。所以刺檜可以感覺到酵母的死亡。』

『酵母！酵母是活的？』

『當然。所以，教授用一把刮鬍刀在刺檜面前割傷自己，刺檜馬上就呈現很高的十二。對它而言，殺死人類細胞或煮死酵母，都是暴力行為，它都不喜歡。這些都是在它身旁

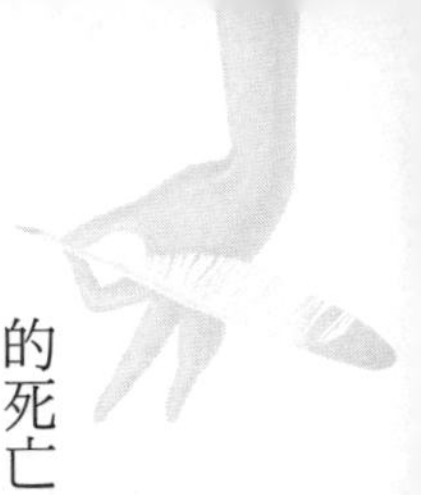

的死亡。可惜傑哈・侯森教授今天不能親自來到這裡，但是他請了他的首席助理施維雅來幫我們。』

風在樹枝裡呼呼叫，突然天氣變得比較涼。

『命案是在這裡發生的，所以這棵樹應該目睹了整個過程。它的「樹感」感受到了這樁命案。這樹知道發生了什麼事，但是無法表達出來，我們要幫助它來告訴我們一些事。』

這是一個歷史的時刻。

這群恆溫、能移動的人類在樹周圍走來走去，踩死了一些露出地面的細根，卻絲毫沒有察覺。

『所以，我決定在這裡做實驗。』伊奇多解釋說。

『為什麼特別對這個案子花那麼大的力氣？』警察問。

『阿娜絲是我的親人。我是她叔叔。』

『你既然和受害者有親屬關係，就沒有權力調查這件案子。』瑪麗・娜塔莎指出。她沒有忘記她大學法律課所學的東西。『我要我的律師！』

『我不是警察，而是科學記者。因此，我只是在進行一項犯罪的調查而已。開始吧，施維雅。』

穿著白袍的女子調整電流器的按鈕，控制刻度表，然後宣告：

『它是在……等一下，在十一。這棵樹比平均狀態還要「煩躁」。』

『很好，然後呢？』警官問。

『必須要問這個證人。』

『你們不如折磨它好了。把它的樹枝砍斷。它就會招認了，』瑪麗・娜塔莎譏諷。『不然也可以燒它的葉子呀！』

十分鐘之後，施維雅把一個擴音器黏在樹皮上，讓它聽重搖滾樂。說得更準確一點，是AC/DC的Thunder Struck。

樹升到十四。

韋瓦第的〈春天〉。樹降到六。

『它很敏感。至少，我們知道我們的系統是可行的。』

警察納悶自己是不是在做夢。證人竟然是棵樹！瑪麗・娜塔莎明顯的不安卻讓他起疑。伊奇多集中精神。他在樹突起如眼睛的地方，亮出一張阿娜絲的相片。

『怎麼樣?』

施維雅調整了好幾次。

『十一。』她很遺憾。

警察解開瑪麗・娜塔莎,伊奇多要她摸樹皮。

『判決如何?』

等了一會兒,施維雅宣布說:

『還是十一。』

不,不。我不能在這麼靠近目標的時候失敗。

我必須要表達出來。

想一些痛苦的過去。

一隻啄木鳥啄我的幼枝。

一隻松鼠偷走我的橡栗。

一場風暴害我搖晃不已。一九九九年十二月那場可怕的風暴,害我搖搖擺擺,害我多少朋友連根拔除!

『我想我們是在浪費時間。而且為什麼專挑這棵樹呢？四周還有那麼多別的樹。』警察指出。

『因為這棵樹，就位在我們發現屍體的林間空地之前。』

『我知道它知道發生了什麼事。』伊奇多繼續說：『只要能找到和它溝通的方式就行了。我們就像試著和外星人說話一樣，必須找出它的溝通模式。』

『它是植物耶，沒有耳朵、嘴巴，而外星人卻很可能有。』警察反駁。

『我要試著跟它說話。』

『這戲太精采了！』逐漸恢復冷靜的瑪麗・娜塔莎說：『真是叫人大開眼界！』

她誇張地笑了起來。其他人則仍努力集中他們的注意力。

『你認得這個女孩嗎？』

當然，就是她。

他們等著。

就是她。快抓住她。

她還殺了夏洛特。

這都是為了她們那些可惡的鑽石，彷彿礦物也有感受似的。

『還是十一。談到調查時，它好像沒有什麼特殊表示。』

伊奇多拿出一些阿娜絲的遺物，上面仍有她的香味。

『為什麼不直接問石頭呢？反正，石頭看起來也好像是活的。』那年輕女孩諷刺著說。

大家越來越失望。他們覺得尷尬，甚至有點荒唐。瑪麗・娜塔莎笑得不能自已。

『很抱歉，伊奇多，很抱歉，教授，但是我想這個實驗不會有什麼結果。』警長斷然決定說：『我們還是可以說已經試過了。至於小姐妳呀，最好不要太大嘴巴。』

『這個嘛，我跟你保證，我絕對會去到處宣揚這事。還會召開記者會。一個星期之內，全國上下都會知道這個處理犯罪的新手法。拿樹的證詞當證據，哈！』

警長踢了這棵樹一腳，指針馬上就升到十三。

『可是它的確是有反應的呀。』

唉，我完全沒辦法讓這該死的指針動一動！

算了。

我不能這樣。我必須要想想其他辦法。

正如伊奇多所說的，我必須要找到我自己的『語言模式』。我所能掌控的語言。哪一個語言呢？

我會讓我的根往潮濕的地方生長。這個我會。這要花我至少一個月的時間，但是我會。

我還會什麼其他的東西嗎？

沒有了。啊，或許有。這是我最後的機會。

他們開始收拾東西，大家都很失望，只有瑪麗・娜塔莎樂不可支。

『好一個伊奇多叔叔！』

『我們雖然失敗，但是這個試驗絕對是有必要的。』警長嘆息說。

我可以做到，我可以做到。

我必須用力。

必須要這樣。

唉！拜託，我的力量，別拋棄我呀！

我可以感覺到我身體裡面有一股宇宙的能量在流動，我所有的記憶。我所有的感覺，回來吧，我祖先的力量。

幫助我去報仇。

去討回公道。

樹上有一片寬大的葉子。在整個表面上，清楚的葉脈在竄動，向中間的葉溝集中。在它的莖裡面，少了微不足道的一點液汁。

噢，阿娜絲，為了妳，我會去做，我可以做得到。

當大家正要放棄，準備無功而返的時候，那片寬大的葉子突然落下。葉子落下之後，露出樹幹上的一個凹洞。在這之前，沒有人發現遮在葉子後面的這個大洞。

伊奇多最後一次轉過頭去。

就像是在鏡頭裡的慢動作，他發現了這片慢慢墜落的葉子。他眨了下眼皮，暫停要開始上車的腳步。時間好像停了下來。再也聽不到任何的聲音，連在飛的鴿子，也是靜悄悄地。森林裡的動物也被吸引住，因為牠們知道發生了一件不尋常的事。

我成功了！

伊奇多發出一些聲音。字似乎也是慢動作地從他嘴裡出來，就像速度減慢的唱片。

『等……一……下……。』

狐狸不敢相信自己的眼睛。蝴蝶振翅如緩緩而行的帆船。

科學記者走得很緩慢，仍是慢動作，然後，把手伸入樹幹裡。

對了！

他的手指摸索著樹皮，被尖刺給劃傷，卻仍摸索著喬治的身體裡面。他拿出一撮頭

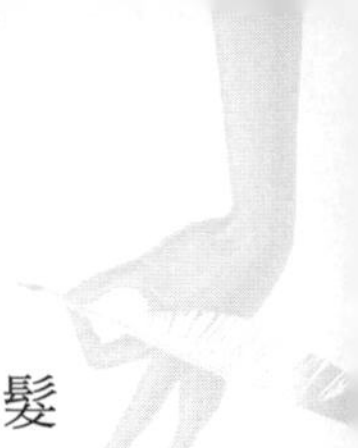

髮，金黃色的頭髮，及一個暗色的東西。

『金黃色的頭髮，上面有乾了的血跡！』

瑪麗・娜塔莎瞪大了眼睛。

伊奇多拿著那撮頭髮，和臉色蒼白的瑪麗・娜塔莎的頭髮相比。

『法醫會告訴我們這撮頭髮是屬於我們這位小姐的。順便也分析一下樹皮裡的這個大洞。我覺得裡面有鑽石的粉塵。』伊奇多肯定地說，一邊檢查著他的指端略微閃閃發光的東西。

大家都靠向洞穴。

警長用一條絲質的手帕，採集了洞裡的一些樣本。

我喜歡絲織品，因為它是用蠶寶寶的絲織成的，而蠶寶寶會啃食我的葉子。我不知道我怎麼會知道這麼多的事情。事實上，我不是知道，而是感覺到。我感覺到生物之間的關係，它們就像是飄浮在空中的資訊。

就像我雖然沒有耳朵，卻能聽到人的聲音。或者應該說，我的整個樹皮就像個敏感的大耳膜。

瑪麗・娜塔莎瞠目結舌。她似乎被她所看到的東西嚇壞了。伊奇多發現，就在洞口的上方，有一段用刀子用力刻在樹皮上的文字，這段文字已經在那裡好幾年了。

阿娜絲＋喬治＝♡

樹1：他做到了！

樹2：誰呀？

樹3：被人取名叫做喬治的那棵樹。

樹2：他做了什麼事？

樹1：他動了！

樹3：他把自己的根從地下伸出來了？

樹1：不是。比這更棒。他在人類生命中的一個關鍵時刻，向他們表達了訊息。他因此也改變了他們的歷史。

樹2：這有什麼了不起，我呀，我會落葉。我的落葉是如此地美，人類還會去收集起來。

樹1：是喔，但是你呀，你只能在秋天的時候落葉。

樹3：……而他呀，他卻是在夏天最熱的時候做到的！就這樣，只靠他的意志。

樹2：我不相信！

樹1：這才是第一步而已呢。從今以後，我們就知道我們也能影響人類的世界。

畫面逐漸變淡，而我沉思著。

在我記憶的深處，我從來沒有忘記過妳。

我曾經如此愛妳，阿娜絲。

好幾個世紀以來，多少人從我面前經過，要摸我，要在我的樹根裡找塊菇。

我看過士兵，強盜，『帶劍的』、『帶火槍的』和『帶獵槍的』。

從我樹幹中心每向外增加一圈，便相當於從小孩變老人的一個世代，但是在我的感覺層次裡，這種世代的變化，是轉瞬間的事。

我一直很難相信，他們竟然這麼需要用暴力來表達自己的存在。

以前，他們為了爭食而互相殘殺。

現在，我再也無法瞭解他們為什麼相互殘殺。

或許是出於習慣。

我們也是，我們並沒有擺脫暴力。有時候，在我的樹枝裡，樹葉之間會爆發衝突。它們互搶陽光。在陰影中的樹葉，會變白，然後死去。比較狡猾的葉子，利用我樹皮的凹凸不平來增加高度。然後我們也有我們的天敵，像讓人窒息的攀藤類、食木類的昆蟲、在我們體內挖巢的鳥。

但是這些暴力還有意義，它們的破壞是為了生存。但是人類的暴力，我不瞭解意義在哪裡。

或許是因為數目太多，他們容許用相互殘殺的方式來自我調整，也或許是因為他們覺得無聊。

幾個世紀以來，你們只對我們的木柴或紙漿感興趣。

我們不是物品。正如所有在這個地球上的生物，我們活著，感受到世界上所發生的事，有我們的喜怒哀樂。

我希望能和你們說話。

有一天，我們或許能一起討論事情……
你們願意嗎？

少年神的學校

我是個少年的神，所以目前還在做世界草圖的模型這等事。上初級班的時候，我練習用黏土製造隕石，還有月球及衛星，但這只是些沒有生命的石頭而已。今年，我進入高年級班，他們會讓我們治理第四等級當中的整群動物。

在此幫不知情的人說明一下，我們的四個等級分別是：第一等級，礦物質。第二等級，植物。第三等級，比較笨的動物，像是鴕鳥、河馬、響尾蛇、馬爾濟斯狗、地鼠（很無聊的動物）。第四等級，有意識的動物，像螞蟻、老鼠（很不好管理），或人類。

當我們剛開始在人類身上做練習的時候，總是先從孤立的個人開始下手。然後，很快地，我們就用族群來做訓練。

單獨的個人，還滿容易的。我們拿一個人類來管，看著他從出生到死亡。人類，特別是地球的人類，最動人的地方，就在於他們無窮的欲望、無止境的憂慮，及需要相信某個什麼東西。他們請求我們實現他們的願望，然後我們用我們的方式來幫助他們。我們讓他們中樂透獎、讓他們經歷一場偉大戀愛，或隨著我們的情緒，造成車禍、讓心臟病發作，或牆出現裂縫。這很有趣。我負責管過許多人類，有大、有小、有胖、有瘦、有富、有窮。我讓他們贏得網球賽，迫使他們尊敬更高層次者——我們——他們也隱約感覺到我們的存在。

當我們對某人來說是一切的時候，我們可以很有效率。但是對象只有單單一個人類的時候，這工作稍嫌簡單。還用不上我們神的頭腦。反之，一整群的人類就比較有點樂趣了。沒有比一個族群更為殘暴的了。一個族群，會有一些意想不到的反應，可以煽動革命，在你還措手不及的時候，就改變了政治走向。之後，你必須一直限制他們。一個族群，就像一匹烈馬，能帶你上天堂也能拖你下地獄。

在第四級的班裡，他們讓我管理一個約一千人的小族群：幾個老人、幾個病人，還有夠多的年輕人，來建造木屋及組成武裝民兵。我希望會有大量的繁殖，我必須承認，我已經在想見著我的族群擴散出去統治世界的景象。但是，不是只有我一個人而已。所有其他的實習神也各有族群要領導。我的同班同學同時也是我的競爭者。經驗老到的上級神會監視我們，給我們打分數。這些老是愛訓人的老頭子都囉囉嗦嗦的。說什麼做為一個神，坐要有坐相，站要有站相；不可以講髒話，不亂挖鼻孔，要清理工作用的工具；每天早上，閃電要重新充電；吃祭品的時候，不要吃相難看，弄得髒兮兮。煩死人了！如果最後還要被愛訓人的糟老頭指點來指點去，那被自己的族群崇拜又有什麼用！

好了，也不要再挑剔了。我們對他們還是很尊敬的。他們有些人真的是藝術家，懂得如何讓他們的族群擁有穩固而富創意的文明。

上課的時候，這些老師教我們概括的通論：一個好的族群外表看起來是如何，如何監督它的死亡率、輪迴及出生率，如何保持平衡，如何汰換菁英。老師還教我們可以用來收服頑抗族群的把戲（山洞裡聖母瑪利亞的顯靈，和女牧羊人的心電感應等等）。

他們也教我們哪些是千萬要避免的大錯。這其中包括如何設城市的地點，（和活火山保持距離，遠離海灘，以避免海嘯及海盜。）革命的快慢週期，及戰爭的策略等等。

我把我的族群安置在一個丘陵附近——這族群是類似蘇美人的一支族群。在我的建議之下（我是透過夢，向部落酋長或大巫師提出建議，否則他們一點也看不懂我在大自然當中留下的記號：雕刻的石頭、鳥的飛行、雙頭豬的誕生等等。）他們開始耕種穀物、馴服馬畜、建造膠泥牆，我認為這些都是社會演化的基本知識。

但是這第一個世界卻以失敗收場。我的蘇美人忘記發明陶器，沒有陶器，就無法製造可以囤積食物的大甕。他們收成再多也沒有用，因為到了冬天，穀物會在倉庫裡腐爛掉。結果，他們又飢餓又羸弱。

維京人海盜一入侵，我所有飢餓不堪的蘇美人，就被吃飽喝足的戰士所屠殺。戰況有多慘烈就不用說了。重點是，大家都知道，肚子吃飽飽的才能好好打仗。都是陶器害的，實在是令人生氣，但是這也很合理。我們只記得歷史上的大發明：火藥、蒸汽、指南針，我們卻時常忘記之前那些讓人得以生存的小發明。沒有人知道陶器的發明者是誰，但是我可以跟你們保證，如果沒有發明陶器的話，你們別想撐太久。我可是付出了昂貴的代價才知道這一點的。

這支笨笨的蘇美人族群，害我的神聖考試成績很糟糕；我只拿到三分（總分二十分）。導師宙斯非常生氣，但是他最後冷靜下來。他表情抱歉地打量著我，跟我宣布說，我的蘇美人不值一文，而且如果我繼續這樣下去，我可能最後會變成朝鮮薊的上帝。這在我們這裡是個大污辱。當我們說『朝鮮薊的上帝』或『珊瑚大王』的時候，是表示我們不會管理有意識的生物，而最好還是待在第二等級的生物階層。

我低著頭離開，痛下決心絕對不再讓海盜入侵，不管是不是維京人。

當然，你們可能會很吃驚，海盜為什麼會攻打我的族群。但是必須要知道，在我們實務練習的時候，所有的少年神都是同時進行練習的。我們每個人是同時管理自己的羔羊。正如我們這兒所說的：『各人管好各人的人類，就各有歸屬了。』所以，是坐在我旁邊的同學伍丹，一個別國來的少年神，弄出維京人海盜那一招。

我穿上白袍，擺出一副不可高攀的神情，準備只要一有機會，就要反將他一軍。不管他的維京人會不會再來，我都要讓我的族群在渥邦建造軍事港，到頭來，讓他知道誰比較厲害。

在班上，我們的名字都是沿用從前神明的名字，因為，我們必須要承認，這一行是要靠關係。只有啣著金湯匙出生的小孩，才有操控世界所需的特權。第一代的上帝創造了名門大系，然後我們這些後裔接著繼承下去。我們和新人很少接觸。當然，有時候也會出現新教派的神（容我嘲笑一下，他們通常都是些劣等貨色，佈道不曉得在胡講些什麼，教堂也蓋得亂七八糟。）不斷想要往上爬，建立自己的一派家系。但是，僧多粥少，窄門難進，新教派的上帝，只有經過重重考驗，才能進入我們的圈圈，建立自己的王朝。

所有的少年神都在相互較量。但是，我們有時會超越彼此的爭執，組織一些策略聯盟，大家都可以從中獲益。我們交換技術，或相互交換情報，來穩固自己的族群，正如我們私相授受製造鞭炮的秘訣。

因此，我和桂札夸很要好，他是一個阿茲特克人，是他教我怎麼把黑燿石削尖。但是，當我無法和鄰座同學變成好朋友時，我有時會監看他們的族群，看他們如何操兵，或抄襲一些我沒想到的新想法。

不管代價為何，都要考過神聖考試。考試有點像網球賽。輸掉的族群會逐漸地被淘汰，一直到最後只剩下參加決賽的兩強。

我呢，在半複賽的時候，就輸掉了我的第一場神賽，但是我從中獲取了教訓。接下來的考試，又是一次『族群練習』，我在這個練習當中所要管理的，是長得一副古埃及人模樣的一個族群。這個族群的人非常好。我派約瑟夫給他們，讓他去跟他們又來個肥牛、瘦牛夢，藉這夢解釋和豐收荒年的關係。（這是太祖上帝的老把戲，但是，在比賽時，我們有權拿出舊把戲再用一用。）埃及人由此推斷，他們應該要塑造陶器及大甕來儲藏穀物。我的這支小族群因而得以度過食慾旺盛的冬天。（最奢侈的是：我甚至發明了一個歌頌我的節慶，讓人們可以整整一天，像小豬般大吃特吃！）就這樣他們在命定期限的前兩千年裡大量繁殖。

我因此弄出埃及建築及金字塔、色彩鮮豔的埃及車，所有經過埃及文明薰陶的二〇〇〇年的現代玩意。實在很有異國情調。我甚至派遣一艘船去西方，然後很驚訝地發現，『我的世界』原來是圓的。我們雖然是上帝，但有時候會透過子民的眼光來認識宇宙。我從來沒有真正地去細查過我的星球，而我的探險者回到他們原來出發的海岸這一事實，讓我覺得既吃驚又有趣。

但是我犯了一個過錯。竟然只放了一個大城市。太疏忽了！一場地震就讓我的所有心血毀於一旦。

一個文明，就像是一個盆栽。一不小心，就會發生不測。我大部分的同學，都遇到過這種橫禍：鼠疫、霍亂、口蹄疫，或只是一場豪雨，卻演變成洪水氾濫。一下子，全部又要重新來過。

『不要把所有的雞蛋都放在同一個籃子裡，』我的人類學老師告訴我。『要多蓋幾個城市。』

第二次實驗，我成功地弄出一個沒那麼笨的族群，是類似印卡族的一支族群，他們建了十個頗具規模的城市，發現了火、發明了車輪及青銅製品。宙斯鼓勵我：『你看，每位同學都想辦法讓他們的建築師在高處建城。然而，高地的城市沒什麼意思。首先，這種城市規劃會增加城市裡的食物成本。必須要付錢給運輸糧食到高地的中介者。然後，萬一被攻擊，農民只能躲進城門裡。只要入侵者劫掠城外四周的農地，然後讓圍困在城牆裡的居民沒東西吃，就大局已定了。最好的辦法，是在河的島上建城。河水形成對抗外敵的自然屏障，同時也是派遣及迎接商務船、探險船及軍船最實用的管道。在太祖上帝的世界裡，發展最好的城市，都是有水圍繞的島城：巴黎、里昂，還有威尼斯、阿姆斯特丹、紐約等。反之，坐落在高處的城市，像卡卡松（編註：Carcassone，法國南部庇里牛斯山上的城市）或甚至是馬德里，都很難往四周拓展版圖。』

宙斯還跟我解釋蓋紀念碑的好處。剛開始，我的確只想到要餵飽及保護我的族群而已。我覺得蓋紀念碑是浪費時間及金錢的事。但是我這又太短視近利了。紀念碑會深深影響人心。巨型雕像、空中花園、凱旋門、艾菲爾鐵塔、競技場、大圖書館、宏偉的寺廟殿堂，這些都能讓民族產生自信心，有助於維持一種特殊的認同。

我第十二次試驗管理族群時，終於發展出一個繁榮富強的國家。但是我旁邊的同學也做得有聲有色。以至於在第二年的競賽，我的士兵吃驚的發現：他們正騎著馬衝向坦克車。我只顧農業的發展，而在軍備技術競賽上大大落後他人。這就是我們所謂的波蘭經驗，因為據說在第一個『參考世界』裡，第二次世界大戰期間，波蘭騎兵曾經拔刀衝向德國人的坦克車！

我們常常會以太祖上帝的第一次實驗作為參考依據。我們都研究過他的作品，我們當中很多人非常欣賞這些作品。他的十誡本身就是革命性的創舉。因為有了十誡，讓他得以避免用夢溝通所可能產生的誤差。這是真的，人類一點也不瞭解夢的語言，他們亂詮釋，或更糟糕的是，他們醒來以後就忘光了。把十誡刻在石頭上：真是神來一筆！終於有了給人類用的簡短、清楚又精確的訊息！

『不殺人。』多麼簡單明瞭！這並不是一個命令（否則應該是『不可殺人』）。這是一個未來式、一個預言。將來有一天，你會瞭解到殺人是沒有用的。

總之，太祖上帝是一位偉大的實驗者。他喜歡發明一些新玩意兒。譬如諾亞方舟啦，讓蘋果掉在牛頓頭上，好讓他發現了地心引力啦，讓阿基米德在澡盆裡發現的浮力啦……這些把戲，都是他的傑作。但是他不是只會耍小把戲而已。

的確是他，定下了上帝這一行的行規，這些行規目前仍是所有宇宙的規範。因為我們也有我們自己的戒律：

一、保護生命。各種形式的生命皆然，任何一種生命都不應重大到危及其他的生命。

二、不能讓人類扮演上帝。所有科學怪物的發明者，都會作法自斃。

三、遵守和先知的約定。

四、避免不當干預，禁止引誘人類。

五、除了不可抗力的情況之外，不可在子民面前顯靈，特別是不該為了炫耀自己而這麼做。

六、不要對自己的信徒偏心。當然可以有一些寵兒，但是應該拿捏得宜。

七、禁止立下浮士德那種合約。上帝這一行是不容討價還價的。

八、指令要清楚。不要留下含糊的詮釋空間。半吊子的上帝，才會有半吊子的措施。

九、謹記目標：建構一個完美的世界。要在道德上、哲學上及藝術上都追求盡善盡美。要成為最優秀者。給下一代的上帝做榜樣。

十、但是，不要太過認真。或許這是最難之處，要保持謙虛與幽默感，並和自己的作品保持一點距離。

我每天都在少年神的學校裡精益求精。例如，剛開始，我想要讓我的世界儘可能的民主。這樣做不對。往往在前一千年裡，會有一段必要的獨裁政治時期。『凱撒』經驗可以證明這一點。在凱撒之前，羅馬人生活在共和體制之下。凱撒想要做皇帝，卻在三月十五日被謀殺。從此以後，羅馬人的皇帝，比他們鄰居的國王都更為殘暴專制。

民主是先進人民才能有的享受。必須要選一個理想的時機，來完成民主革命。這就像舒芙蕾蛋糕：太早或太晚，都會垮下去，蛋糕就不成形。

我在神學課堂裡學到的另一件事是：不能靠戰爭來維持現狀。剛開始的時候，我們最好讓自己的族群在城牆後累積雄厚武力，對可能的入侵者絕不讓步，但是，當第二個千禧年展開之際，就應該要修改這個政策。

的確，如果我們把所有的精力都放在戰事上（不管是防禦性的或攻擊性的），我們會發現，農業、文化、工業、商業、教育，乃至於研究將無法適當地發展。而且最後，我們還是會被擁有更先進武器的族群所毀滅。

戰爭是奪權的初步工具，但是還是趕快和鄰居締結和平比較好；我們可以從商業發展和文化科學交流當中獲得好處。光從練習當中，我就發現戰爭不是最佳解決之道。而且，在第一個『參考世界』裡，所有好戰的文明統統消失了：赫梯人、巴比倫人、美索不達米亞人、波斯人、埃及人、希臘人、羅馬人。這是一個歷史的教訓：未來的世界不屬於強權征服者，這些文明常常依賴單一一個領導者，領導者一死，就後繼無力。

我們少年神之間，常會在休息時間聊天討論。和我比較常往來的神，當然有伍丹，我們後來成為好朋友。還有羽毛神蛇桂札夸，和一個叫做呼魯因梧剔的美國印地安霍皮族神。我們這一票人形成一幫。但是還有一幫叫做『東方』幫，包括了日本神Izanagi、印度神毘濕奴，及很漂亮的中國女神觀音。『非洲』幫這一幫則有埃及司陰府的鷹頭神、一個幾內亞

神阿拉桐嘎納，及一個很棒的祖魯神溫枯倫枯倫。

呼魯因梧剔是我們的老大。凡事都是他帶頭。伍丹，比較是那種『成天開黃腔』的傢伙。他什麼都不放在眼裡。『故事是這樣：三個被揍得面目全非的傢伙，來到聖人皮耶面前，然後……』他老喜歡講這種笑話。

我滿喜歡呼魯因梧剔，但是我對他不太信任，因為他凡事都太認真了。聽他說話的語氣，好像只有他知道怎麼建造希臘柯林斯式圓柱的殿堂似的。潘德農的圓柱還是比較氣派，不是嗎？

當然，在我們遠離凡世的學校裡，每個人都努力往自己臉上貼金：『我發明了蒸汽機！』『我發明了婦女的避孕藥！』『我想出拋棄式相機啦！』我也不甘示弱笑喊。

做上帝，很容易變得目中無人。但是，正如我們太祖上帝所勸導的那樣：『不要去說彼此的壞話，否則最後會以宗教戰爭收場。』所以這也是為什麼，當毘濕奴從後面拍我的背，忽然跟我說：『上帝這差事很有趣，但是，你有沒有想過，在我們頭上的某處，會不會有一個超越我們的上帝，在玩弄我們，正如我們在玩弄人類那樣？』這讓我很震驚。我不知道為什麼，但是這個想法讓我完全不知所措。竟然可能是更高智慧者手中的玩具？這是多麼讓人無法忍受的事！不再享有自由意志，只是外人手中的玩偶！搞不好這外人甚至是個小